한달 간의 말레이시아-싱가포르 가족 여행기

우리 가족은 바람길 여행을 떠났다

글·그림

김주용

대경북스

우리 가족은 바람길 여행을 떠났다

1판 1쇄 인쇄 2023년 1월 2일
1판 1쇄 발행 2023년 1월 5일

발행인 김영대
편집디자인 임나영
펴낸 곳 대경북스
등록번호 제 1-1003호
주소 서울시 강동구 천중로42길 45(길동 379-15) 2F
전화 (02)485-1988, 485-2586~87
팩스 (02)485-1488
홈페이지 http://www.dkbooks.co.kr
e-mail dkbooks@chol.com

ISBN 978-89-5676-940-0

더는 못 하겠어

✈

2006년부터 교직 생활을 시작했다. 어떤 일이라도 주어지면 최선을 다했다. 성실히 살아가면 언젠가는 합당한 보상이 있을 거고, 노력은 배신하지 않는다는 신념으로 열심히 살았다.

한 해 두 해 지나다 보니 "김주용 선생님은 뭐든지 잘해!", "선생님은 참 꼼꼼해!", "일 잘하는 선생님이 부러워."라며 주변 사람들로부터 칭찬과 인정을 받았다. "아닙니다. 아직 많이 부족합니다.", "잘 봐주셔서 그렇죠. 더 열심히 할게요."라며 겉으로는 겸손한 척하였지만, 속으로는 우쭐한 마음도 있었다.

나의 존재 이유를 직장에서 찾다 보니 점점 더 일에 빠져 살게되었다. 집에 와서도 잔여 업무를 처리하느라 가족에게 소홀하기일쑤였다.

"여보, 오늘도 늦게 와요?"라는 아내의 물음에

"미안, 오늘도 일을 좀 더 해야 할 것 같아."라는 대답이 일상이 되었다.

6살과 9살인 두 딸은

"아빠, 오늘은 집에 일찍 오실 거죠? 보드게임 해요!"

"아빠가 요즘 피곤해서 오늘은 집에서 좀 쉬고 싶어. 주말에 하자!"

"주말에는 혼자 맥주 마시고 드라마만 볼 거잖아요!"

라며 핀잔을 주었다. 딸들과 나의 대화도 점점 줄어들었다.

직장과 가정을 분리하지 못했다. 직장에서는 완벽하게 일을 처리해야 한다는 강박감에 빠져 살았다. 작은 실수도 용납하지 않았다. 남들보다 앞서기를 원했다. 그러다 보니 주변의 작은 반응에도 예민해졌다. 겉으로는 여유롭고 성실한 전문가처럼 보이고자 거짓된 가면을 쓰고 살았다.

중견 교사의 문턱에 선 2018년 여름.

갑자기 온몸이 아팠다. 수업 도중인데 숨 쉬기조차 힘들었다. 과호흡 증상이 찾아와 화장실로 달려갔다. 어떻게든 변기를 붙잡고 숨을 몰아쉬었다. 돌아와 다시 수업을 하려는데, 이번에는 머리

가 깨질 듯이 아팠다. 다시 화장실로 달려가 변기 앞에 무릎을 꿇었다. 나오지도 않는 구토를 반복했다. 그러면서도 '오늘 왜 그러지?', '피로가 겹쳤나?'하고 대수롭지 않게 넘겼다. 그런데 다음 날도 그 다음 날도 과호흡과 두통, 구토는 줄어들지 않고 오히려 심해졌다. 몸이 아프니 아무런 의욕이 생기지 않았다. 매일 직장에 가지만 내가 아닌 다른 이가 자리만 채우는 것 같았다.

아무것도 하기 싫었다.

아니, 아무것도 할 수 없었다.

'더는 못하겠어. 살려줘. 제발.'

퇴근 후 아내에게 그동안 있었던 일들에 관해 이야기했다. 아내는 당황했지만 "일 중독으로 번 아웃이 온 것 같아."라고 말해 주었다.

"여보, 어떻게 하고 싶어요? 학교 계속 다닐 수 있을 것 같아요?"

"아니, 못 갈 것 같아. 출근하는 게 두렵고 무서워."

"그럼, 어떻게 하고 싶어?"

"나… 쉬고 싶어. 그런데 돈이 걱정이네."

아내는 한참을 생각하더니 통장과 저금한 돈을 확인했다.

더는 못 하겠어

"여보, 반년 정도 육아 휴직을 해요. 육아 휴직 수당이랑 저금한 돈으로 반년 정도는 어떻게 버틸 수 있을 것 같아요."

아내가 고마웠다. 주저 없이 휴직했다. 막상 휴직하고 나니 갑자기 생긴 시간을 어떻게 보낼지가 관건이었다. 교직 생활 중에는 시간에 쫓겨 일만 했지, 시간이 남아 고민인 적은 없었기 때문이다. 시간이 남으니 오히려 더 불안했고, 여러 생각들로 머릿속이 복잡했다. 잡생각을 지우고 무언가 집중할 것이 필요했다.

문득 그림을 그리고 싶어졌다. 지금까지 한 번도 그림을 제대로 배운 적이 없었기에 무작정 화실로 찾아갔다. 선생님께 긁적일 정도면 된다고 말씀드렸다. 매일 2~3시간씩 화실과 집에서 그림을 그렸다. 두 달 정도 그림을 그리니 잡생각도 들지 않고 드로잉하는 즐거움에 빠지게 되었다. 그것도 잠시, 그림을 그리는 순간이 지나면 다시 잡생각이 나를 괴롭혔다.

'갑자기 휴직했다고 사람들이 나를 험담하겠지?'

'잘 나간다고 잘난 척하더니 잘됐다고 고소해 하겠지.'

부정적인 생각들은 나를 밑바닥으로 끌고 내려갔다.

나를 아는 사람들이 있는 이곳을 벗어나고 싶었다. 아내와 두 딸에게 한 달 정도 배낭 여행을 떠나자고 했다. 아내는 예상했는지

우리 가족은 바람길 여행을 떠났다

별다른 반응 없이 계산기를 두드리더니, 가능할 것 같다고 했다.

두 딸에게도 아빠의 상황에 대해 알려야 할 것 같았다.

"아빠가 몸이 좀 안 좋아서 휴직했어."

"휴직이 뭐예요?"

"응…. 학교 일을 하지 않고, 집에서 우리 두 딸 잘 키우는 거야."

"와! 그럼 나 맨날 유치원에 데려다주는 거예요?"

"그럼, 아빠랑 유치원에 같이 갈 수 있지."

"그런데 아빠는 우리 네 가족이 한 달 정도 외국으로 배낭 여행을 갔으면 좋겠어. 그럼 유치원, 학교, 학원 다 빠져야 하는데 괜찮을까?"

"좋아요! 근데 친구들 못 만나는 건 조금 아쉬워요."

두 딸도 여행에 찬성해서 한 달간 결석하기로 하였다. 갑작스럽게 일이 벌어지는 동안 나를 믿어 준 우리 가족들이 정말 고마웠다.

비행기 표를 끊었다. 말레이시아 랑카위 IN - 싱가포르 OUT. 기간은 2018년 11월 13일부터 12월 13일까지. 이렇게 한 달 동안 말레이시아 북쪽에서 남쪽 끝인 싱가포르까지 우리 가족만의 배낭 여행이 시작되었다.

이번 여행은 가족이 함께 준비하기로 했다

✈

출국 전까지 한 달 정도 시간이 남아 있었다. 첫째가 갓 돌을 지
났을 때부터 배낭 여행을 다녔기에 준비에는 어려움이 없었지만,
이번 여행은 우리 가족 모두 함께 준비했으면 했다.

"여보, 얘들아. 이번 여행은 처음부터 끝까지 함께 준비했으면
좋겠어."

"여보, 난 콜이예요!"

"좋아요, 아빠. 그럼 어떻게 하면 돼요?"

"일단 도서관부터 가보자."

집 근처 도서관에서 말레이시아, 싱가포르 여행 가이드북을 있
는 대로 빌려 왔다. 집에서 며칠 동안 보면서 서로 가고 싶은 곳,
하고 싶은 일, 먹고 싶은 것 등에 대한 이야기를 나누었다.

우리 가족은 바람길 여행을 떠났다

"랑카위에서 출발하는 거니까 말레이시아 지도를 보고 왼쪽 윗길을 따라 아래로 쭉 내려오면 될 것 같아. 다들 어디에 가고 싶어?"

"나는 조호르바루에서 레고랜드를 가 보고 싶어요."

"어! 그럼 나는 싱가포르 유니버설 스튜디오."

"여보, 나는 랑카위에서 멋진 것 선셋을 보고 맹그로브 탐험을 해보고 싶어요."

"아빠는요?"

"아빠는 말라카에서 오랜 유적들을 보고 그림도 그리고 싶어. 말라카는 유네스코 문화 유산으로 지정된 도시인데, 우리로 치면 경주 같은 곳이라네."

"흐음…. 그럼 저는 쿠알라룸푸르에서 반딧불을 보고 싶어요!"

반딧불 투어까지 이야기하다니, 첫째는 가이드북을 열심히 읽었나 보다.

"그래. 일단 하루에 한두 가지 하고 싶은 것을 정하고, 나머지는 그날그날 정해 보자!"

여러 차례 가이드북을 정독하고 인터넷 검색, 유튜브 등 다양한 정보를 수집해서 루트를 정하였다.

'말레이시아(랑카위→페낭→쿠알라룸푸르→말라카→조호르바루) → 싱가포르'

이번 여행은 가족이 함께 준비하기로 했다

다음은 교통 수단을 정리하였다. 장거리 여행이고, 아이들이 어리기에 버스보다는 기차를 이용하기로 했다. 기차는 이동도 자유롭고, 특히 화장실을 사용할 수 있어서 아이들이 급할 때 대처하기가 수월하다. 랑카위는 섬이기에 배를 타고 이동하기로 하고, 페낭에서 쿠알라룸푸르는 장거리 이동이기에 기차표를 예매했다. 나머지는 한두 시간 정도 이동하는 것이라 현지에서 버스를 예매하기로 하였다.

"짐은 최대한 적게 가져가기로 해요. 필요한 건 거기서 구하는 걸로 하구요."

아내의 의견에 나도 거들었다.

"각자 짐은 각자가 책임을 졌으면 좋겠어요. 각자가 들고 다닐 수 있는 가방 크기만큼만 짐을 싸기로 해요."

옷은 각자 서너 벌로 줄이고, 필요하면 현지에서 사거나 빨래하기로 하였다. 우리 가족이 들고 다닐 수 있는 크기의 캐리어를 정하고, 거기에 정말 필요한 물건만 담기로 하였다.

"아빠, 저는 우리나라 밥이 필요한데 어떻게 해요?"

한식 애호가인 둘째는 여행 내내 안남미로 된 밥만 먹을까 봐 걱정이 태산이다. 비상용으로 햇반과 간단한 반찬, 컵라면을 준비하기

우리 가족 짐,
왼쪽부터 아빠, 엄마, 큰 딸, 작은 딸

로 하였다. 아내는 한 달 동안 아이들 학업이 떨어질까 봐 걱정인가 보다.

"너희들 여행 가서도 공부할 거야. 문제집이랑 연필, 지우개도 챙겨!"

"으악~~!"

필요한 준비물도 어느 정도 정리되었다.

"여보, 우리 가족이 처음 가는 장기간 여행인데, 여행 이름을 정하는 건 어떨까요?"

"엄마 말이 맞아요! 우리 여행 이름 정해요!"

여행 이름을 정하기로 했다. '용용 투어'(김주용의 '용용'으로 함), '해마

이번 여행은 가족이 함께 준비하기로 했다

다해해 투어'(큰딸 이름이 '해인', 둘째가 '해령'이라 '해해'로 함), 'JJ 투어'(김주용, 김정은의 'J'를 딴 이름) 등 별의별 여행 이름이 나왔지만, 최종은 '바람길 여행'으로 결정하였다. 바람처럼 순리 있게 흘러가자는 의미였다.

일정이 거의 완성이 될 즈음 이런 생각이 들었다. 우리 가족이

가족회의를 통한 여행 일정

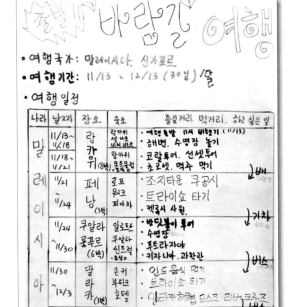

12

우리 가족은 바람길 여행을 떠났다

24시간 내내 한 달 이상 함께 붙어 다니는 여행은 이번이 처음이었다. 여행 중 서로 간 마찰이나 오해가 생길 것 같았다.

"여보, 우리 여행 규칙을 정하는 건 어떨까요?"

아내가 제안하였다.

"맞아요! 우리 집에서도 맨날 싸우는데 여행 가면 더 싸울지도 몰라요!"

"언니 말이 맞아요!"

여행 가면 당연히 싸울 거라고 말하는 해맑은 두 딸을 보며 나도 모르게 웃음이 나왔다.

"그럼 우리만의 규칙을 정해 볼까? 너무 많으면 지키기 어려우니까 3~4개 정도로 주제를 정해 보자."

서로 고민을 하다가 네 가지의 주제로 규칙을 정하였다.

1. 안전   2. 배려   3. 배움   4. 사랑

네 주제에 대해 지켜야 할 세부적인 내용도 정리하였다.

모든 준비를 마쳤다. 이곳에는 단 한순간도 있고 싶지 않았기에 나를 모르는 곳, 익명성이 보장된 곳으로 미련 없이 떠났다. 스케

이번 여행은 가족이 함께 준비하기로 했다

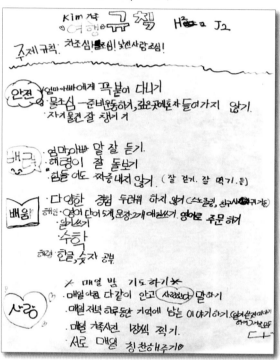

치북과 그림 도구를 쥔 채….

이렇게 말레이시아의 랑카위→페낭→쿠알라룸푸르→말라카→ 조호르바루를 거쳐 싱가포르로 이어진 최북단에서 최남단까지의 약 900km의 여정이 시작되었다.

Langkawi

Perlis

Kedah

Penang

Perak

Kelantan

Terengganu

Pahang

Selangor

Kuala Lumpur

Negeri
Sembilan

Melaka

Johor

Johor Bahru

Sangapore

한 달간 말레이시아,

싱가포르 여행 일정

차 례

1. 랑카위(Langkawi)

2. 페낭(Penang)

3. 쿠알라룸푸르(Kuala Lumpur)

4. 말라카(Melaka)

5. 조호르바루(Johor Bahru)

1

랑카위

Langkawi

랑카위는 말레이시아 최북단에 위치한 백여 개의 섬으로 이루어진 지역이다. 접근하기 어려운 지리적 특성 때문에 사람의 손때가 덜 묻어 자연이 잘 보호되고 있다.

랑카위를 한 문장으로 표현한다면 '원초적 자연의 보고'이다. 맹그로브로 뒤덮인 물길을 따라가면 건강하고 울창한 숲이 반긴다. 이름 모를 곤충과 벌레들이 바삐 움직이고, 원숭이와 박쥐 등 여러 동물도 살아남기 위해 치열하게 경쟁한다. 그중에서도 장관은 커다란 날개를 펼치고 하늘을 지배하는 독수리 무리다. 하늘을 지배하며 날아다니다가 먹잇감을 발견하면 쏜살같이 내리꽂혀 발톱으로 낚아채는 모습은 위압감을 넘어 전율마저 느껴질 정도다. 랑카위는 아름답고 개성 있는 해변이 곳곳에 있어 많은 여행자에게 사랑받는 곳이다. 사랑방같이 사람들이 북적북적하고 활기 넘치는 체낭 해변(Chenang Beach)과 고요함과 여유로움을 간직한 탄중루 해변(Tanjung Rhu Beach)이 대표적인데, 여행자들은 그 날 그 날 기분에 따라 자유롭게 선택해서 즐기면 된다.

일주일 동안 머물면서 느낀 것은 랑카위는 외국인보다 현지인들에게 더욱 사랑받는 휴양지라는 사실이다. 우리가 삶에 지쳤을 때 혹은 행복을 찾아 제주도로 향하듯이 말레이시아 사람들은 랑카위로 향한다. 랑카위에서의 재충전 시간은 다시 삶의 현장으로 돌아간 후 살아가는 원동력이 된다.

랑카위는 여느 휴양지와는 다르다. 여행자의 입장에서 조금만 벗어나 그들의 삶을 들여다 보면 사람 냄새가 가득한 소박한 이웃동네 같다. 길을 걷다 마주치는 사람에게 인사를 건네는데, 사람들의 순박함과 밝은 미소는 걷는 이로 하여금 반가움을 느끼고 웃음 짓게 한다. 랑카위에서는 마을 사람들의 선한 기질 덕분에 밤에도 비교적 안전하게 다닐 수 있다.

다문화 국가인 말레이시아답게 중국 음식, 인도 음식, 말레이시아 전통 음식 등 여러 나라의 음식을 한 곳에서 맛볼 수 있다. 음식 가격도 쿠알라룸푸르보다 저렴하여 우리 가족은 경제적으로 여유 있게 여행할 수 있었다. 무엇보다도 랑카위는 면세지역이라 술값이 매우 저렴하다. 다른 나라와 달리 랑카위는 면세 맥주를 낱개로 살 수 있다. 맥주를 물처럼 마시는 맥주 애호가인 나에게는 금상첨화인 곳이다. 랑카위에서의 일주일은 그동안 삶에 지친 나에게 보약과도 같았다. 졸리면 잠을 자고, 산책을 하고, 더우면 수영했다. 책을 실컷 읽었고, 그림도 마음껏 그렸다.

배가 고프면 근처 식당이나 노점상에 들러 푸짐하게 한 끼를 먹었다. 잠시 삶의 터전을 떠나 나와 우리 가족에게만 집중할 수 있다 보니 몸도 마음도 점점 더 건강해지기 시작했다.

에너지를 충전하고 지친 마음을 추스를 수 있어 장기 여행을 위한 워밍업이 되었다. 무사히 한 달 동안 여행을 마칠 수 있었던 것도 이 덕분이었던 것 같다.

여행의 첫 단추를 랑카위에서 시작한 것은 탁월한 선택이었다.

우리 가족은 바람길 여행을 떠났다

쿠알라룸푸르 국제 공항에서 바라본 풍경

자! 드디어 출발이다!

드디어 날이 밝아왔다. 우리 가족은 서로의 손을 꼭 붙잡고 공항으로 향했다. 이제부터 서로 의지할 사람은 우리 네 식구밖에 없다.

"얘들아, 떨려? 아니면 신나?"

"학교랑 학원 안 가서 신나요! 가서 물놀이 많이 할래요!"

첫째의 마음은 이미 바닷가에 가 있다.

"선생님이랑 친구들을 못 봐서 슬퍼요. 벌써 생각나요."

둘째는 눈물을 약간 글썽인다.

공항 철도를 타고 인천 공항으로 출발했다.

잠깐 다른 이야기를 하자면….

나는 공항이라는 단어만 들어도 가슴이 쿵쾅거린다. 드라마나 광고에 공항이 나오면 마음이 들떠 한동안 주체하지 못하고 설렌다. 이런 내가 실제로 공항에 가게 되었으니 오죽하겠는가! 공항 가기 전날부터 실실거리고 잠을 설쳤다. 공항 철도를 타고 공항으로 가는 그 길이 너무 좋다. 공항에 들어서면 넓게 펼쳐진 카운터와 오고 가는 사람들의 분주함…. 그 속에 내가 함께하고 있다는 생각에 얼굴에는 절로 미소가 떠오른다.

우리 가족은 각자가 감당할 수 있는 캐리어와 배낭을 메고 체크인 카운터로 들어섰다. 약간의 긴장감과 설렘을 안고 체크인하였다. 비행 일정은 '인천 공항 – 쿠알라룸푸르(6시간 30분 비행) – 랑카위(1시간 10분 비행)'이다. 쿠알라룸푸르에서 한 번 환승하는 루트로, 랑카위에 밤에 도착하게 된다. 비행기 표를 받고 서로 손을 잡으며 가족들에게 말했다.

"이제 비행기를 타면 돌아올 때까지 우리 가족만 함께하는 거야. 긴 여행 동안 우리가 사랑으로 서로 의지하고 함께했으면 좋겠어.

우리 가족은 바람길 여행을 떠났다

쿠알라룸푸르 국제 공항 안

I. 랑카위(Langkawi)

여보, 얘들아, 사랑해!"

둘째가 어려 패스트 트랙(Fast Track)으로 바로 출국 수속을 밟을 수 있었다. 다른 출국장에 긴 줄로 대기 중인 사람들이 바로 입장하는 우리 가족을 부러운 듯이 쳐다본다. 우리 딸이 이렇게 효도하는구나.

쿠알라룸푸르로 향하는 비행기에 몸을 실었다. 아내는 고단했는지 잠을 청했다. 그럴 만도 한 게 갑작스러운 나의 휴직과 여행 준비까지 고스란히 아내의 부담이 되었을 텐데, 이제나마 긴장이 조금은 풀렸을 것이다. 아내에게 미안했다. 아이들과 함께 여행 일정을 확인하는데,

둘째는 "아빠, 점심 뭐 줘요? 뽀로로 보면 안 돼요?"라며 일정은 관심 밖인 것 같다.

첫째는 제법 배낭 여행을 다녀서 그런지 "랑카위로 환승할 때는 기차를 타야 한대요.", "망고가 많다니 망고 많이 먹을 거에요."라며 적극적으로 자기 의견을 내놓는다.

약 6시간 30분의 비행을 마치고 오후가 되어서 쿠알라룸푸르 국제 공항에 도착했다. 동남아시아 특유의 후덥지근하고 습한 공기가 우리를 맞이했다. 국내선으로 갈아타는 공항 철도를 찾아 걸

어가는 길에 히잡을 쓴 무슬림 여성이 눈에 띄었다. 말레이시아에 온 게 실감났다. 게이트에 도착해 창문을 보니 비가 주룩주룩 내린다. 소나기가 내리고 멈추기를 반복하는 동남아시아 특유의 비다.

"얘들아! 밖을 봐. 비도 내리고 비행기가 많아. 주변에 나무도 크고 푸르다. 아마 동남아시아 기후로 인해 나무가 잘 자라는 것 같아!"

신나서 아이들에게 말을 건넸으나 장거리 비행을 마치고 또 비행을 기다려야 하는 두 딸에게는 들리지 않나 보다. 머리는 산발이고 눈에는 영혼이 없었다. 두 딸과 아내는 장시간 여행으로 지친 내색이었다. 두 딸을 달래며 랑카위로 향하는 비행기에 몸을 실었다. 쿠알라룸푸르에서 랑카위는 1시간 남짓의 거리라 잠깐 눈을 붙였더니 금세 도착했다.

입국 수속을 마치고 밖으로 나오자 랑카위에는 까마득한 어둠이 내렸다. 아침에 한국을 떠나 도착하니 밤이 되었다. 온종일 걸린 긴 여정이었다. 아이들도 지치고 나도 지쳤지만, 낯선 곳에서의 새로운 삶에 대한 설렘과 두려움이 공존하고 있다.

항상 겪는 일이지만, 여행의 첫날 설렘과 두려움이 교차하는 이 감정이 나를 계속 여행으로 이끄는 것 같다.

랑카위의 첫 숙소 : 쉘 아웃 리조트

 첫날부터 폭우

　밤늦게 도착한 공항은 한산했다. 우선 짐을 챙기고 공항 내 통신사에서 현지 유심을 갈아 끼웠다. 구글링을 통해 숙소 위치를 다시 한 번 확인한 후 Grab(동남아시아식 우버로 일종의 택시 형식의 차량 공유 플랫폼)을 부르려고 했는데, 밤이라 주변에 한 대도 보이지 않았다. 우리 가족은 모두 지칠 대로 지쳐 부르는 대로 금액을 지불하고 택시를 탔다.

"아빠, 주변이 깜깜해요!"

"혹시 이상한 곳으로 데려가면 어떡해요?"

아무도 모르는 외국에 떨어져 있으니 다들 불안한가 보다.

"괜찮아. 금방 숙소에 도착할 거야."

가족들을 안심시켰지만, 나 역시 불안한 마음이라 구글 지도를 보면서 숙소까지 제대로 가는지 확인했다. 택시를 탔을 때부터 추적거리던 빗방울은 10분이 지나자 폭우로 변하였다. 하늘에서 물을 들이붓는 것 같았고, 천둥·번개까지 쳤다. 금세 길가에는 물웅덩이가 만들어지고 택시는 물길에 미끄러지듯이 비틀거리며 앞으로 향하였다. 칠흑 같은 어둠에 폭우까지 내려 앞이 보이지 않았다. 택시는 그렇게 40여 분을 달려 숙소에 도착하였다. 리셉션에서 체크인하고 우산과 키를 건네받았다. 방갈로까지 걸어가는 동안만 썼지만 우산은 장식품일 뿐이었다. 온몸은 비에 젖었고 캐리어는 물웅덩이에 빠졌다. 간신히 숙소에 도착하였다.

인터넷 예약 시 스위트룸이라고 했던 방은 크기만 스위트룸이었다. 불을 켜는 순간 세 모녀는 "꺅~!"하는 비명을 질렀다. 엄지손가락만 한 바퀴벌레들이 '사사삭' 소리를 내며 벽 안으로 숨어 들어갔다. 침대나 가구들은 뿌연 먼지를 풀풀 풍겼고, 화장실에서는 특유의 악취가 진동하고, 배수구에는 누구의 것인지 모르는 머리카

락이 가득했다. 모기들은 '윙윙~!' 소리를 내며 우리 가족의 입실을 반기며 침을 흘리고 있었다. 당장 방을 바꾸거나 컴플레인을 걸 수 없으니 일단 젖은 캐리어를 열어 옷가지를 대충 말리고 간단히 씻기로 하였다.

"엄마, 배고파요."

생각해 보니 기내식을 제외하면 10시간 이상 공복 상태였다. 비상용으로 준비한 햇반과 컵라면을 함께 나누어 먹었다. 랑카위의 첫 끼였다.

잠자리를 준비하고 아이들을 재운 후 맥주 한 잔이 생각났다. 근처 편의점을 찾으려고 밖으로 나섰다. 숙소에 실망하고 날씨에 좌절한 오늘이었다. 여행의 첫날부터 꼬인 것 같아 침울한 마음으로 문을 나섰다. 비는 이미 그쳐 상쾌한 바람이 불고 있었고, 밤 하늘은 무수히 빛나는 별들로 가득했다. 불과 한 시간 전 최악의 날씨가 언제였냐는 듯이 말이다. 이제야 주변이 내 눈에 하나둘씩 들어왔다. 주변의 식당과 가게는 현지인들의 활기로 가득찼다. 숙소 앞 체낭 해변, 밤바다의 파도 소리와 바다 내음은 머리를 맑게 해 주었다. 달빛과 별빛에 비치는 바다의 몽환적인 색과 라이브 펍에서 들려오는 가수의 라이브 음악이 나를 위로해 주었다.

마음이 차분해졌다. 상쾌한 기분으로 캔맥주를 마시면서 숙소로 향하였다. 숙소로 돌아가는 길은 처음 도착했을 때의 폭우와 숙소의 실망감으로 인한 우울한 길이 아니라 앞으로 펼쳐질 여행의 설렘이 담긴 길이었다.

다음 날 아침, 맑은 햇살을 맞으며 방갈로 전체를 둘러보니 생각보다 좋은 곳이었다. 여러 종류의 이름 모를 나무와 꽃들과 새의 지저귐은 숲속 비밀 마을에 있는 듯한 착각이 들었다. 방갈로 한가운데 있는 수영장은 우리가 언제든지 달려들어도 좋다는 듯 준비가 되어 있었다. 평소 정원 가꾸는 게 취미인 아내는 꽃과 나무를 보며 설렜고, 두 딸은 수영장을 보자마자 수영복을 갈아입는다고 난리다. 밝고 친절한 주인과 그의 가족들은 머무는 동안 내 집처럼 편안함을 느낄 수 있도록 배려해주었다.

상투적인 이야기겠지만, 결국 나의 마음가짐이 여행의 행복을 좌우하는 것이리라. 항상 머리 속으로는 이해하지만 실천하는 것은 결코 쉽지 않다. 앞으로 긴 여행 기간 동안 우리 가족에게 곤란한 상황이나 힘들고 짜증 나는 순간들이 생길 수도 있을 것이다. 하지만 서로 이해하고 함께 헤쳐나가 여행을 마친 후에는 끈끈한 가족애로 똘똘 뭉쳐 있을 것이라 믿어 의심치 않는다.

체낭 해변(Chenang Beach)

 동네 사랑방 같은 체낭 해변에 스며든다

숙소 정문을 나서면 바로 해수욕장이 보인다. 체낭 해변(Chenang Beach)라고 불리는 이곳은 현지인들에게 특히 사랑받고 있다. 랑카위의 이국적인 풍경과 다채로운 해변이 사람들을 끌어들이는 매력이 있다.

"자! 다들 준비됐지? 해령이는 선크림 듬뿍 바른 거지?"

둘째는 여름만 되면 쉽게 까매진다. 선크림으로 온몸을 덮다시

우리 가족은 바람길 여행을 떠났다

피 해야 그나마 덜 탄다.

"네! 빨리 출발해요!"

두 딸은 이미 수영복에 물안경까지 착용했다. 바다로 뛰어들기 직전이다.

처음 보는 체낭 해변은 아침부터 남녀노소 불문하고 북적거렸다. 학생들은 모래사장에서 축구를 한다. 호루라기를 부는 선생님을 보니 수학여행을 온 것 같다. 한쪽에는 할아버지, 할머니와 함께 온 대가족이 보인다. 어린아이들은 바다에서 물장구를 치고 어른들은 돗자리에 앉아 싸온 도시락을 아침부터 까먹는다. 젊은 연인들은 손을 잡고 해변을 걷거나 물놀이를 즐긴다. 체낭 해변은 외국인보다 현지인들이 더 많이 즐기는 동네 바닷가와 같은 인상이다. 경포대와 해운대 분위기가 난다.

"자~, 우리도 들어가 볼까?"

나의 외침에 아내와 두 딸 모두 바다에 들어갔다. 수심이 깊지 않고 파도가 세지 않아 어린 두 딸이 놀기에는 안성맞춤이었다. 출렁이는 파도에 몸을 맡기기도 하고 파도를 넘는 놀이도 하면서 '여기가 바로 천국이구나.' 하는 생각이 들었다. 나는 두 딸에게 '쉿!' 눈을 찡긋하고는 아내 뒤로 몰래 숨어들어 머리를 잡고 물속으로 집어넣었다.

"켁켁! 여보!"

바닷물이 섞인 눈물, 콧물을 흘리며 나를 노려보는 아내와 달리 두 딸은 재미있었는지 계속 깔깔거린다. 나는 우선 두 딸 뒤로 숨어 "애들이 시킨 거예요."라며 두 딸 핑계를 댔다.

체낭 해변 주변 거리

어느 정도 물놀이를 하고 나니 허기가 졌다. 길가로 나가면 노점상과 간이 식당이 잔뜩이다. 여행 초반이니 돈을 아끼기 위해 볶음밥과 모닝글로리 정도를 시켰다.

"아빠, 배 안 고파요."

우리 가족은 바람길 여행을 떠났다

"말도 안 돼. 어제도 라면밖에 안 먹었잖아!"

배가 안 고프다는 둘째는 한식이 없어 먹기 싫다는 의미를 완곡하게 표현한다. 잘 먹는 것도 여행에서 중요하기에 돈가스같이 생긴 고기 튀김을 시켜주었다. 그제야 둘째는 허겁지겁 먹기 시작한다.

"여보, 혹시….”

"맥주?"

"네!"

"고생했으니까 특별히 시켜주는 거예요!"

아내가 시켜준 시원한 맥주 한 모금을 들이키는 순간 '크~ 아~!' 이 기분은 랑카위에서만 느낄 수 있는 상쾌함이다. 어느덧 해가 중천에 뜨고 땡볕이 강해졌다. 우리는 숙소가 해변 앞에 있어 바로 들어가서 더위를 피하였다.

"너희들 아침에 많이 놀았으니까, 이제 숙제해야 해!"

"아…. 정말요? 싫은데….”

SOS를 치는 두 딸의 눈빛을 나는 모르는 척하고 책을 펼쳤다. 괜히 나섰다가 아내에게 혼날지도 모르니 말이다. 각자 할 일들을 마치고 오후에는 마음 편히 낮잠을 잤다. 눈을 떠 보니 일몰 시각이 다가왔다. 체낭 해변의 일몰이 유명하다기에 가족들 모두를 깨워 해변으로 나갔다.

체낭 해변의 야경은 절경이었다. 오렌지 빛깔과 붉은 포도 빛깔이 함께 어울려져 새파란 바다를 점점 붉게 물드는 노을은 직접 와서 봐야 충분히 설명될 것 같다. 노을을 배경 삼아 주변 곳곳에서는 연인들의 데이트가 한창이다. 아내의 손을 잡고 우리가 연애했던 시절을 회상했다. 두 딸은 엄마, 아빠가 손을 꼭 잡고 걷는 게 샘이 났는지 중간에 끼어들어 그네를 태워달라고 응석 부린다. 한쪽에서는 하얀 드레스 입은 신부가 일몰을 배경 삼아 웨딩 촬영을 하고 있다.

"나도 예쁜 드레스 입고 결혼하고 싶어요."

공주를 좋아하는 둘째는 웨딩드레스가 부러웠나 보다. 노을이 지고 깜깜한 밤이 되자 해변 곳곳에서는 폭죽 소리와 불빛이 하늘을 갈랐고, 돗자리에 앉은 사람들은 기타 선율에 맞추어 노래를 부른다. 이 소박함과 여유로움 속에 내가 함께 있어 행복했다.

온종일 시끌벅적한 체낭 해변은 모든 사람에게 열려 있는 동네 공원 같다는 생각이 들었다. 종종 해외 여행을 다닐 때 리조트가 있는 깨끗하고 편하고 조용한 곳을 선호한다. 타인의 방해 없이 혼자만의 정리할 시간이 필요하기 때문이다. 그만큼 비싼 값을 치르고 그 대가로 여유와 편안함을 보상받는 것이다. 그래서 리조트 소유의 해변은 숙박객이 아닌 사람들은 접근하기가 힘들다.

그런데 이런 생각이 들었다.

'누구나 평등하게 즐길 수 있는 자연과 바다이어야 하는데, 돈이 있어야 혜택을 누릴 수 있는 것인가?'

'누구에게나 평등해야 하는 자연이 소수의 개인 소유로 넘어 가 버리면 다른 이들에게 상대적 박탈감을 느끼게 되는 건 아닌가?'

갑자기 쓸쓸한 생각이 들었다. 조용한 바다도 좋지만, 누구나 즐겁게 쉬다 갈 수 있는 북적북적한 해변 풍경을 바다도 더 좋아하지 않을까.

말레이시아는 운전대가 반대였다. ㅠㅠ

"여보! 랑카위에서는 렌터카 여행이 기본이에요."

아내의 말처럼 랑카위에서 구석구석 여행하기에는 렌터카만한 것이 없다. 말레이시아가 산유국이라 기름값도 저렴하기에 랑카위에서는 차를 빌려 여행하기로 계획했다. 한국에서 미리 국제운전면허증도 발급받았다. 운전을 즐기지 않는 나는 외국에서의 운전이 여행 전부터 압박으로 다가왔었다. 그런데도 왜 랑카위에서 운전하려고 하냐고? 그건 아내가 랑카위에서는 렌터카가 편하고 재미있을 것 같으니 준비해 놓으라고 말씀하셨기 때문이다.

랑카위에서 렌트한 말레이시아 국산 경차

차를 빌리러 렌터카 업체가 있는 곳으로 가니 "니혼진 데스까?", "렌터카, 렌타카!"를 외치며 직원들이 나를 불렀다. 일본인으로 착각한 것 같아 무시하고 다른 업체를 찾아보았다. 왠지 호객 행위에 굴복하면 나중에 사기를 당할 것만 같았다. 호객 행위를 하지 않는 구석에 있는 작은 렌터카 업체에서 차를 하루 동안 빌렸다. 차는 가장 운전하기 쉬워 보이는 말레이시아 국산 경차로 정하였다. 말레이시아도 자체적으로 차를 생산한다는 걸 처음 알았다. 키를 받고 운전석 문을 연 순간 무언가 한국에 있는 내 차와 다르다는 것을 직감적으로 깨달았다.

'운전석이 반대다!'

순간 동공이 흔들렸다. 전혀 예상치 못했다. 운전석이 반대라면, 도로 방향도 반대일 것이니 몸에 밴 운전 습관을 버리고 반대로 운전해야 한다는 것이다. 압박감이 밀려왔다.

"여보, 말레이시아는 우리나라랑 운전 방향이 반대네요."

"맞아요! 말레이시아는 일본처럼 우리나라랑 반대에요. 가이드북에서 미리 읽어봤지요."

대수롭지 않다는 아내의 대답에 '그럼 나한테 이야기를 해줬어야지!'하며 원망 섞인 눈으로 쳐다보았지만, 아내와 두 딸은 벌써 차에 타서 "출발~!", "Off we go!"를 외친다.

41

해탈한 마음으로 운전석에 앉았다. 핸들과 기어, 사이드미러를 맞추면서도 눈앞이 캄캄했다. 그나마 다행인 건 액셀과 브레이크는 똑같은 위치였다. '반대! 무조건 반대로 운전! 반대!' 마음속으로 반대 방향을 외치면서 시동을 걸었다. 방향 지시등을 켜려고 했는데, 와이퍼가 반갑게 손을 흔들었다. 당황한 나는 주차장에서 안전하게 벗어나자는 목표로 엑셀을 밟지 않은 채 브레이크에 의지하여 주유소로 향하였다.

주유소에서 기름 넣는 방법도 우리나라와 달랐다. 주유 버튼과 신용카드 투입구를 아무리 찾아도 찾을 수 없었다. 주유소 가게로 들어가 점원에게 물어보니 점원에게 주유량을 이야기하고 금액을 지불한 후에 주유하는 방식이란다. 우여곡절 끝에 주유를 마치고 '운전은 평소의 반대 방향!'을 되새기면서 출발하였다. 앞 차를 따라 천천히 가다 보니 조금씩 적응이 되는 듯했다.

그러다가 내 차가 교차로 맨 앞에 서게 되었다. 나는 신호를 기다리면서 어느 방향으로 가야 하는지 헷갈리기 시작하였다. 앞에 차가 있으면 따라가면 되는데, 따라갈 차는 없었고 내 뒤에는 많은 차들이 있었다. 신호가 바뀌었다. 오른쪽으로 가야 하는데, 나도 모르게 핸들을 왼쪽으로 돌렸다. 반대편 차가 '빵빵'거리며 피해 간다. 급하게 핸들을 돌려 S자로 간신히 통과했다. 등에는 식은

탄중루 비치(Tanjung Rhu beach)

땀이 흥건했다. 내가 이렇게 쩔쩔매는 걸 아는지 모르는지 두 딸은 여전히 사소한 걸로 다투고 아내는 음악에 맞추어 흥얼거렸다.

　간신히 시내를 벗어나니 도로는 한적했다. 차들도 많지 않아 심리적 압박감에서 해방되었고 조금씩 운전에 익숙해졌다. 그제야 주변의 풍경이 눈에 들어왔다. 높은 동남아 특유의 나무와 푸른 잎사귀가 우거진 숲속을 지날 때는 새로운 세계로 들어가는 것 같았다. 창문을 열자 풀 내음, 바람 내음이 전해졌다. 나는 콧노래를 부르며 상쾌함과 여유로움이 가득한 드라이브를 즐겼다.

　한 시간 정도 운전해서 탄중루 해변에 도착하였다. 이곳은 체낭 해변과는 다른 색다른 분위기였다. 체낭 해변이 시끌벅적한 마을 오일장이라면 탄중루는 깊은 산 속의 작은 암자 같았다. 조용한 해변의 파도 소리와 넓게 펼쳐진 해안선을 따라 흐르는 맑은 바다는 투명한 보석 같았다. 어느 곳을 바라보아도 전부 한 폭의 풍경화처럼 보였다. 평온하고 고요한 탄중루에서 아내와 나는 차를 마시며 도란도란 이야기를 나누었다. 아이들은 해변에서 모래놀이가 한창이다. 정말 오랜만에 평화와 행복이라는 단어가 떠올랐다. 직장에서 일에 치이고 삶에 치이는 매일매일 속에서 다 우리 가족을 위해 희생하는 것이라고 자기 합리화와 변명으로 살아온 날들이 후회되었다.

내가 바쁘다는 핑계로 가정을 소홀히 하면서 내가 하고 싶은 것을 마음껏 누렸던 지난날들이 아내와 두 딸에게 너무 미안했다. 그리고 지금 조용한 자연 속에서 온전히 우리 가족이 서로 의지하고 집중하는 이 순간이 너무 감사했다.

랑카위 셀프세탁소   2018.11.17.
Laundry corner in Langkawi

 나는 빨래가 좋다

여행을 떠난 지 나흘째 되는 날이다. 아침에 눈을 뜨자마자,

"여보, 애들아~! 빨래 얼른 빨래 가방에 넣어봐. 오늘 빨래하러

갈 거야!"

배낭 여행에서 빨래는 중요한 일과 중 하나다. 빨래를 맡길 수

있는 곳이 한정되어 있기에 때를 놓치면 며칠씩 숙성되는 빨래를

들고 여행을 다니는 불상사가 생길 수도 있다. 배낭 여행을 다니면

45

서 여행자 거리에서 'Laundry Service'를 이용하는데, 이때에는 가게를 잘 골라야 한다. 가격도 천차만별이고 무게를 속여서 재거나 나중에 추가 요금을 요구해 바가지를 쓸 수도 있다. 그래서 보통 배낭 여행자들의 빨래가 많고 호텔 침구류를 세탁하면서 여러 대의 세탁기와 건조대가 상시 돌아가는 곳을 선택한다. 이런 곳을 선택하면 대체로 실패하지 않는다. 다행히 말레이시아는 셀프 세탁소가 많아서 정해진 금액으로 마음 편히 빨래를 할 수 있다.

빨래 이야기나 나와서 말이지만 나는 빨래가 좋다. 땀 냄새와 때가 묻어 있는 옷을 깨끗하게 빨고 잘 말려 개는 그 과정이 좋다. 빨래하는 동안 잡생각이 사라지는 것도 좋고, 뽀송뽀송해진 옷과 수건을 만지는 느낌도 좋다. 잘 개어 놓았던 옷을 우리 가족이 깨끗하게 입고 나가는 모습을 보면 뿌듯하다.

결혼하기 전에는 빨래를 하지 않았다. 아니 집안일 자체를 하지 않았다. 어머니께서 알아서 해 주시니 내가 할 기회가 없었다. 아버지도 집안일을 거의 하지 않으셨기에 으레 나도 집안일은 어머니가 알아서 해주는 것으로 생각했다. 결혼 후에는 정반대였다. 서로 다른 환경에서 살아온 두 사람이 부부가 되었으니 결혼 초에는 많은 다툼이 있었다. 가장 대표적인 것이 집안일이었다. 나는 열심히 집안일을 한다고 했으나, 아내는 만족하지 못했다. 장인어른이 집안일을 많이 하시는 집안에서 살아온 아내였기에 남편 그리고 아빠로서 해야 하는 일들에 대한 기대치가 높았다. 어설프지만 열심히 한다고 했는데 혼만 나니 점점 집안일이 싫어졌다. 다툼과 화해를 반복하면서 십여 년이 지나니 이제는 암묵적 합의에 따른 역할 분배가 이루어졌다. 집안일은 내가 도와주는 것이 아니라 함께하는 것이라는 것을 이제는 이해한다. 최대한 집안일을 많이 하려고 하는데 청소, 설거지, 빨래, 쓰레기 버리기, 분리수거 등이 내몫이다. 그중에서도 빨래가 제일 적성에 맞는 것 같다.

여행을 가서도 제일 먼저 찾는 곳은 'Laundry Service'다. 한 지역에서 다른 지역으로 이동하면 가방 속에 묵혀 있는 빨래를 먼저 해결해야 마음이 놓인다. 그래서 나는 여행 중 세탁소에 많은 집착을 보인다. 대개 여행자들은 숙소에 체크인하고 근처 식당이나 카페에서 끼니를 때우며 휴식을 취하지만, 나는 숙소에서 가깝고 가성비가 높은 세탁소를 먼저 찾는다. 여러 세탁소가 있지만 셀프 세탁소를 선호한다. 정액제라 네고를 할 필요가 없어 편하기도 하지만, 세탁하는 동안은 온전히 나만의 시간을 가질 수 있다. 빨래가 돌아가는 동안 음악을 들으며 책을 읽거나 글을 쓰고 그림을 그리는 그 시간이 여행 속 또 다른 여행으로 빠지는 것 같다.

2018. 11. 16.
Mangrove Tour in Langkawi

 맹그로브 투어 1 (일명 박쥐의 습격)

　자연의 보고답게 랑카위에는 곳곳에 수많은 자연 유산들이 즐비
하다. 걷다 보면 여기가 현재인지 고대 시대인지 헷갈릴 정도이다.
랑카위도 자연 유산을 활용하여 다양한 일일 투어를 선보인다. 우
리 가족은 맹그로브 투어를 신청하였다. 나는 패키지 여행보다는
배낭 여행을 선호하는 편이지만, 여행지에서는 종종 일일 투어를
활용한다. 장점은 저렴한 가격에 다양한 외국인과 함께 여행을 즐

기는 것이고, 단점은 가이드가 영어로 설명하기 때문에 온전히 이해하기는 어렵다는 점이다.

"오늘은 맹그로브 투어 가는 날이야! 얼른 일어나서 준비해야 해!"

아내의 재촉하는 말에

"엄마, 거기 악어 있어요? 상어 있어요?"라며 설레는 첫째와

"엄마, 작은 배 타요? 배가 가라앉으면 어떻게 해요? 나 수영 못하는데…."라고 걱정하는 둘째다. 같은 배에서 태어났는데 생김새부터 성격까지 전혀 다르다.

숙소 앞으로 버스가 도착했다. 30~40년은 되어 보이는 낡은 봉고차다. 창문 틈으로 불어오는 바람이 에어컨 대신이다. '이 차가 제대로 움직이기나 할까?'라는 의구심에 "Is it okay?"라고 가이드에게 물어보니

"OK~~OK~~ No Problem~~!", "괜찮아~ 쪼아~ 쪼아~."
라며 엄지를 치켜올린다.

봉고차는 인력 시장 차량처럼 여러 숙소에서 사람들을 싣고 울퉁불퉁한 흙길을 달려 선착장에 도착했다. 선착장은 나무 간판이 반쯤 낡아 있고, 놀이공원 귀신의 집처럼 음침한 분위기를 연출하였다. 가이드가 구명조끼를 하나씩 주고 배에 타라고 안내한다. '과연 이 낡은 구명조끼가 날 살려줄 수 있을까?'하는 의심과 함께 10여

명 남짓 앉을 수 있는 작은 배에 올랐다. 설렘보다 불안감을 안고 배는 출발했다. 멀리 보이는 울창한 맹그로브 숲을 향해 황톳빛 강물을 헤치면서 출발하니 숨겨진 보물을 찾아 떠나는 모험 영화에 나오는 한 장면 같았다.

"얘들아, 물에 반쯤 잠긴 나무들이 맹그로브라는 나무야. 우리나라에서는 볼 수 없고 더운 나라에서 많이 있어."라고 말을 하니 아내가 "맹그로브 나무는 더운 동남아시아 지방에 많이 분포되어 있고, 어쩌고저쩌고…."

어려운 내용을 아이들에게 설명한다. 어차피 아이들은 듣지 않을 텐데…. 배를 타고 가면서 맹그로브 그늘은 더위를 피하게 해 주었고, 양쪽 숲 가에는 뛰어다니는 동물들과 물속에는 이름 모를

맹그로브 숲

우리 가족은 바람길 여행을 떠났다

물고기가 헤엄치고 있었다.

"아빠! 저기 봐요! 저기!"

첫째가 가리키는 곳을 보니 원숭이 떼가 이곳을 보며 뛰어놀고 있었다. 원숭이 가족이었다. 할아버지쯤 되는 원숭이는 근엄하게 우리를 쳐다보고 있었고, 엄마 원숭이는 새끼 원숭이에게 젖을 주고 있었다. 어린 원숭이들은 텀블링을 펼치며 '야! 너는 이거 못하지?'라며 도발하는 것 같았다. 우리가 관광객인지 원숭이 가족이 관광객인지 헷갈리는 순간이었다. 좁은 강줄기를 따라가던 배는 어느덧 넓은 강가로 나왔고 선착장에 잠시 정박했다. 여기는 박쥐 서식지란다. 위에서 입장료를 내고 박쥐를 보고 다시 돌아오면 된다는 가이드의 안내를 듣고 순간 흔들렸다.

"아빠! 박쥐 많아요? 나 박쥐 무서운데…."

"혹시 박쥐가 내 피 빨아먹으면 어떻게 해요? 나 안 갈 거야!"

"낮이라 박쥐들이 동굴 위에서 잠을 자고 있을 거야. 하나도 안 무서워. 아빠가 옆에서 지켜주잖아!"

아이들을 안심시켰지만 나도 무서웠다. 영화 히치콕의 '새'처럼 박쥐가 나한테 돌진할 것만 같았다. 작은 랜턴을 받아 들고 아내와 아이들의 손을 잡고 박쥐 소굴로 들어갔다. 아이들보다 내가 더 손을 세게 잡았는지 아내는

"여보, 너무 꽉 잡았어요. 아파요."라며 손을 뺀다.

하지만 슬며시 아내의 손을 다시 잡고 동굴로 들어갔다. 동굴의 길이는 생각보다 짧았지만, 높에는 꽤 높아서 아파트 5층 정도는 되어 보였다. 박쥐가 보이지 않아 랜턴으로 살펴보니 천장에 수만 마리(그때 심정은 그랬다)나 되는 박쥐들이 까맣게 줄지어 자고 있었다.

"아빠~, 저기 박쥐예요! 정말요!"

"아~ 징그러워. 무서워. 무서워. 얼른 가요!"

아이들과 함께 박쥐를 보았다는 사실에 의미를 두고 동굴을 나오려는 순간 갑자기 '삐~~삐~~~!' 소리와 함께 박쥐 수만 마리(다시 말하지만 내 눈에는 그렇게 보였다)가 날아 밖으로 나가버렸다.

"꺄악~ 꺅!", "으악~~!", "엄마~~~!", "여보~~~~!."

우리는 비명을 지르고 들으며 손을 꼭 잡고 밖으로 도망쳤다. 여기서 문제는 다시 동굴을 통과하여 선착장으로 가야 한다는 것이다. 아이들은 무섭다고 안 간다고 울먹거리고 배 탑승 시간은 점점 다가오고 마음이 급했다. 아내는 첫째의 손을 잡고 나는 둘째를 안고 앞만 보고 뛰어가 선착장에 도착했다.

"아빠는 다시는 박쥐 보지 않을래."

"나도!"

"나두요!"

우리의 박쥐와의 인연은 여기서 끝내기로 하고 다시 배에 탑승했다. 배는 양식장 한가운데로 우리를 이끌었다. 양식장에서 준비한 생선 구이가 점심으로 나왔다. 우리는 뱃멀미와 박쥐 후유증으로 점심은 포기하고, 음료수를 마시면서 잠시 쉬었다. 점심을 먹은 후 양식장에서 다양한 생선을 보여주는데, 크기도 생김새도 우리나라와는 다르다. 아이들은 무척 신기해 했다.

마지막으로 우리를 태운 배는 태국 국경 근처의 바다까지 빠른 속도로 달렸다. 낡고 작은 배가 어찌나 빠른 속도로 움직이던지 내가 물속에 있는 것 같아 배를 꼭 잡고 있었다. 엄청난 속도로 달려가는 배 위에서 느낄 수 있는 시원함과 함께 앞뒤 좌우를 둘러봐도 넓고 푸른 바다의 절경은 투어의 마무리로 안성맞춤이었다. 이렇게 우리 일일 투어는 끝이 났다. 돌아오는 버스에서

"맹그로브 투어 다시 할까?"

"아니요! 싫어요!"

"한 번이면 된 것 같아요!"

어느 여행이든 좋은 여행도 있고 힘든 여행도 있는 법이다. 이 모든 과정이 여행의 일부이니 아이들과 함께 경험한 것에 나름 만족한다. 돌아와서 여행 추억을 나눌 때 '박쥐'는 분명히 나올 테니 말이다.

맹그로브 투어 2 (사람은 겉으로 판단해서는 안 된다)

맹그로브 투어에서 가장 인상 깊었던 장면을 꼽으라면 수상 양
식장이다. 배낭 여행을 다니다 보면 유독 시끄럽고 상대방을 배려
하지 않는 사람들이 있다. 굳이 국가까지 거론할 필요는 없지만 내
가 겪은 두 나라의 사람들은 특히 그렇다. 맹그로브 투어 내내 함
께한 외국인 그룹이 유독 방해되었다. 조용한 숲에서 하늘이 떠나
갈 정도로 큰 소리로 말을 하니 새들이 놀라 도망갔고, 몸을 흔들
거나 과한 손짓과 발짓이 작은 배를 요동치게 했다. 주변 사람들을
배려하지 않는 모습은 투어 처음부터 짜증을 일으켰다.

수상 양식장

우리 가족은 바람길 여행을 떠났다

점심 때 즈음 수상 양식장에 도착했다. 여기서 점심을 먹은 후에 양식장에서 키우는 어종에 대한 설명을 들을 예정이었다. 그 외국인 무리는 여전히 여기서도 춤을 추고 노래를 부르니 나머지 사람을 불편하게 했다. 게다가 어린아이들은 생각지도 않은 채 담배까지 피우는 것이다. 여행은 일상에서의 일탈일 수는 있으나 개념 이탈은 아니지 않은가. 점점 예민해진 나는 그들에게 조금만 자제하고 주변을 배려해 달라고 말하고 싶었다. 하지만 논리 정연하면서도 정중하게 말할 정도로 내 영어 실력이 훌륭하지는 못했다. 괜히 말했다가 도리어 다툼이 나면 어떻게 하나 하는 걱정에 속으로만 분을 삭이고 있었다.

"아빠, 저 사람들 무서워요. 싫어!"

"(작은 귓속말로) 아빠도 그래. 조금만 참자."

양식장 사장님이 나와 다양한 어종에 대해 설명하기 시작했다. 아쿠아리움에서 기대하는 해양 생물의 이름과 특징을 체계적으로 설명해 주는 그런 프로그램은 아니었다. 조금은 어설퍼 보였다. 직원이 양식장에서 기르고 있는 물고기를 보여주고 관광객이 먹이를 주는 단순한 체험 프로그램이었을 뿐이다. 지루해진 우리 가족은 이 시간이 빨리 끝나고 다음 장소로 이동하기기를 기다렸다.

다들 따분해하는 분위기가 느껴졌는지 직원은 물고기를 물속에서 꺼내 올렸다. 물고기는 엄청나게 크고 힘도 세 보였다. 크기가 장정의 팔뚝보다 컸다. 눈매와 입도 날카롭고 힘차 보였다. 우리나라에서는 보지 못한 종류였다. 먹이를 먹으러 물 밖으로 나올 때 튕겨진 물방울이 멀리 있는 사람에게까지 날아가 닿았다. 직원이 먹이를 주고 싶은 사람이 있냐고 물어보았다. 큰딸을 보니 내심 하고 싶은 표정이다.

"해인아, 네가 해볼래?"

"아니요. 안 할래요."

아니라고 했지만, 눈빛은 '하고 싶어요'였다. 내가 큰딸의 손을 대신 들었다. 큰딸과 함께 먹이를 주려고 물고기에게 다가갔다. 막상 큰딸이 물고기와 가까워지자 울먹거리기 시작했다.

"아빠, 못하겠어요. 무서워요."

그때 시끄럽고 주변에 피해를 주었던 외국인 친구들이 다가와 우리 딸에게

"Don't Worry~! Don't Worry~~! It's Fun!"하면서 안심시켜 주었다. 그리고 물고기 주변으로 아이를 안고 가 주었다. 아이는 그 여행객에 몸을 의지하여 먹이를 주었다. 큰딸의 얼굴에는 미소가 번졌고 해냈다는 뿌듯함이 보였다. 나는 우리 딸을 도와준 그들이 고마웠다. 시끄럽다고 화를 낸 내가 창피하고 미안했다.

생각해 보니 내가 시끄럽다고 느꼈던 사람들은 그 나라 언어 특성상 발음과 발성 자체가 컸던 것같다. 결국 내 입장에서 생각하고 시끄럽다고 화를 낸 것이고, 내 잣대로 상대방을 평가한 것이다. 나름 십여 년간 여러 나라를 다니며 타인의 문화와 삶을 존중한다고 생각했는데, 아직도 내 잣대로 타인을 판단하는 나의 부족함을 느꼈다.

틀림이 아닌 다름인데 말이다.

여행, 그 씀씀이와 스타일에 대하여

"아빠~, 치킨 먹고 싶어요."

"돈 없어."

"엄마~, 저기 공주 인형 갖고 싶어요."

"그건 꼭 필요한 건 아니잖아. 참자."

"엄마, 아빠는 맨날 돈 없대. 참으래~~."

장기 배낭 여행에서 절약은 필수다. 갑자기 아이가 아파 병원에 갈 수도 있고, 입장료나 교통비가 갑자기 배로 드는 경우도 있기에 여행 초반에는 절약하면서 비상금을 모아 두는 게 좋다. "아빠, 엄마는 짠돌이야."라는 핀잔을 들으며 여행에서의 씀씀이에 대해 고민하게 되었다.

20대 중반 무서울 게 없던 혈기 왕성했던 시절.

여행은 고생해야 남는 거라고 한 푼이라도 아끼려고 했던 때가 있었다. 식사는 길거리 식당에서 1,000원짜리 음식으로 해결했다. 숙소는 병원 침대만 달랑 있는 만 원 이하의 도미토리에서 머물렀다. 비상금과 여윳돈을 비축해 두어 금전적으로 여유가 있었지만, 여행 중에는 짠돌이 그 자체였다. 왠지 외국에서 돈을 많이 쓰면 잘 못하는 것 같았고, 우리나라를 망신시키는 것 같은 생각도 들었다. 돈을 필요 이상으로 아끼다 보니 여행하는 동안 불필요한 고생을 했다. 그것도 멋이라고 친구들에게 영웅담처럼 늘어놓곤 했었다.

나이가 들면서 여러 나라를 다니다 보니 돈은 현명하게 쓰는 것이 중요하다는 것을 깨닫게 되었다. 이동할 때 택시보다는 버스를 이용한다면 돈도 아끼고 현지인들의 삶을 경험할 수도 있으니 똑똑한 소비일 것이다. 반대로 터키 카파도키아 열기구, 시리아 골란 고원 투어, 코타키나발루의 호핑 투어 등의 경우 비용은 좀 들지만 그 나라에서만 할 수 있는 경험은 해 보는 것이 좋다.

씀씀이에 대한 생각이 바뀌면서 나에게 새로운 경험과 추억을 쌓을 수 있는 데에는 과감히 투자하기로 했다. 각 나라의 음식 문화를 경험하기 위해 처음 보는 음식에는 지갑을 열었다. 그 나라에서만 할 수 있는 체험에도 과감히 투자했다. 장기 여행을 하다 보니 잠자리와 충분한 휴식이 필요함을 깨달았다. 여행 경비에 맞게 합리적인 수준으로 충분히 쉴 수 있는 곳에서 묵었다. 그곳은 다시 올 수 있다는 기약이 없기에 일일 투어를 통해 그곳에서만 할 수 있는 경험은 최대한 하고자 했다. 다시 현실로 돌아오면 여행에서의 추억과 기억으로 일상을 버텨야 하기에 여행에서의 경험과 추억은 돈으로 살 수 없을 정도로 큰 가치가 있다.

20대 때는 여행을 가면 무조건 많은 것을 보고 경험해야 한다는 강박감이 있었다. 여러 유적과 관광지를 가서 인증샷을 남기고 다른 곳으로 빨리 이동하면서 최대한 많은 곳을 보려고 했다. 그러다 보니 수박 겉핥기식의 여행이 되었고 돌아와서도 내가 다닌 수많은 곳에 대한 추억이 별로 없었다.

지금은 최대한 여러 곳을 돌아다니는 것보다 한 곳에 며칠씩 묵는다. 첫날에는 숙소와 그 주변의 식당과 상점만 눈에 들어온다.

우리 가족은 바람길 여행을 떠났다

다음 날에는 여행자 거리뿐만 아니라 주변의 골목에서 현지인들의 삶이 눈에 들어온다. 그다음 날에는 현지 사람들과 눈인사하거나 대화를 나누면서 그들의 일상을 함께 공유한다. 점차 여행 스타일이 새롭고 신기한 것을 보는 것보다 그곳에서의 평범하고 소박한 일상을 함께 나누는 것으로 바뀌어 갔다.

삶도 그러하지 않을까 생각했다. 여행담을 자랑하는 것처럼 주변을 의식하는 것이 아닌 나에게 솔직하고 집중하는 삶, 정신없이 돌아가는 상황과 환경에 동요하여 바쁘게 사는 것이 아닌 내 속도에 맞추어 사는 삶, 무조건 돈을 아끼는 것이 아닌 나를 위해서 한 번쯤 과감히 선물하는 사치 아닌 사치….

한 템포 늦추고

천천히 호흡하며

주변을 살펴보며

나에게 집중하며

살았으면 좋겠다.

쿠아 제티(Kuah Jetty)

 불멍 말고 바다멍! 쿠아 제티(Kuah Jetty)

랑카위의 랜드마크인 독수리 광장 주변에는 쿠아 제티(Kuah Jetty)
가 있다.

여객 터미널인데 규모도 크고 여러 지역을 오고 가는 배로 가득
하다. 보통 페낭으로 넘어갈 때 이곳에서 배를 탄다. 국내뿐만 아
니라 태국 사뚠(Satun)으로도 갈 수 있는 국제 항구다.

우리 가족은 바람길 여행을 떠났다

항구에는 매일 오고 가는 사람들로 인산인해다. 오랜만에 만나는 가족의 상기된 미소가 보이고, 수학 여행 온 학생들의 기대 가득 찬 표정이 보이며, 일하기 위해 넘어온 사람들의 지친 얼굴이 보인다. 다양한 사람들의 저마다의 사정을 담은 표정을 한참 바라본다. 어느덧 시간은 빠르게 흐르며 그들의 치열한 삶의 흔적들을 느낄 수 있다.

한쪽 바다에는 쫙 펼쳐진 요트들로 장관이다. 형형색색의 요트들이 정박해 있는 모습은 페스티벌을 보는 것 같다. 세계 여러 나라의 요트들을 보며 어떤 사연들이 있을지 상상해 본다. 아침햇살을 받은 바다를 보는 것도 좋았고, 석양에 물든 바다는 마음을 따뜻하게 해 주었다. 멍하니 바다를 바라보며 하루를 보내는 그 시간이 행복했다.

랑카위에서 페낭으로

"얘들아, 짐 잘 챙겼지? 마지막으로 놓고 가는 기 있는지 없는지 꼭 확인해! 떠나면 다시 올 수 없어. 해인이 아빠도 마지막으로 여권이랑 확인해 보세요."

아침부터 짐을 싸고 정리하느라 분주하다. 오늘은 랑카위 여행을 마치고 페낭으로 넘어가는 날이다. 배편을 많이 이용해야 하므로 우리도 배를 타고 페낭으로 가기로 하였다. 랑카위에서 페낭까지는 약 120km 거리이고, 쾌속선으로 약 3시간 정도 걸린다.

"각자 짐은 본인이 책임지는 거야. 정말 힘들 때는 아빠가 도와줄 수 있지만 너희들이 스스로 했으면 좋겠어."

아내와 두 딸은 각자의 캐리어와 가방을 메고 10여 분을 걸어 쿠아 제티(Kuah Jetty)에 도착했다. 쿠아 제티는 페낭뿐만 아니라 말레이시아 곳곳으로 사람을 실어 나르고 태국으로도 갈 수 있는 국제항구이다. 여행사들이 밀집되어 있고 자동차 렌트, 배편 및 투어 예약을 할 수 있다. 우리도 며칠 전 이곳에서 여러 여행사를 둘러본 후 배편을 예약했다. 여행사마다 가격이 다르고 바가지를 쓸 수 있기에 꼼꼼히 비교하고 합리적인 가격에 티켓을 구입했다. 여행사 주변에서 가짜 신분증을 달고 말도 안 되는 싼 가격에 파는 사람은 대부분 사기꾼이기에 긴장을 늦추면 안 된다.

아침 일찍 항구에 도착했는데, 이미 사람들로 만원이었다. 사람에 치이고 짐에 치여 간신히 수속을 마치고 대합실에 들어왔다. 아차! 면세점에서 맥주 한 박스를 사기로 했는데 깜빡했다. 이슬람 국가인 말레이시아에서는 대부분 술을 마시지 않기 때문에 주류세가 우리나라보다 2~3배 정도 비싸다. 그래서 면세 지역인 랑카위에서 맥주 한 박스를 사려고 했는데 그만 깜빡하고 만 것이다. 어쩔 수 없이 남은 여행은 금주 여행이 되었다.

"아빠, 항구가 엄청나게 커요!"

"여보, 생각보다 대합실이 깨끗하네요."

최근에 생긴 쿠아 제티는 전체적으로 깨끗하고 쾌적했다. 두 딸

페낭행 여객선

은 처음 와본 여객 터미널이 신기했는지 창문에서 떠나지 않았다.

"아빠~, 우리 저 배 타는 거에요?"

"배가 엄청나게 커요~."

"배가 바다에 빠지지는 않겠죠?"

게이트가 열리고 우리는 배에 탑승했다. 배는 페낭을 향하여 출발했다. 뱃멀미가 걱정되어 아이들에게 멀미약을 미리 먹였다. 생각보다 배의 출렁거림과 흔들림이 심하였다. '아이들에게 미리 멀미약을 먹여 다행이다.'라고 생각했는데, 내 속이 울렁거리기 시작하고 뱃멀미가 찾아왔다. 쾌속선은 빠른 속도로 바다를 헤쳐나갔

우리 가족은 바람길 여행을 떠났다

다. 날치가 파도 위를 튕기며 나아가듯이 쾌속선도 통통 튕기며 나아갔다. 물결과 파도의 울렁거림은 온전히 내 몸에 전달되었으며, 내 뱃속은 통통 아니 쾅쾅 울렸다. 에어컨을 세게 틀어 몸은 덜덜 떨렸고, 배 안은 탑승객이 가져 온 여러 음식과 식료품의 향기가 중첩되어 내 속을 완전히 뒤집어 놓았다. 나는 검은 봉지를 붙잡고 세 시간을 간신히 버텼다. 랑카위에서 배를 타고 페낭으로 간다면 담요나 외투를 준비해야 하고, 멀미약은 필수다. 최대한 창가 자리를 찾아보고 없으면 두 개 이상 비어 있는 좌석에 누워 있을 것을 추천한다.

멀미, 추위와 사투하던 중 배는 페낭에 도착하였다. 육지에 발을 내딛고 하늘을 바라보며 숨을 여러 번 크게 들이쉬니 간신히 살 것 같았다. 아이들은 쾌속선을 타는 동안 바다를 바라보며 페낭 여행에 대한 설렘으로 상기된 표정이었다.

세 시간 이상 배를 타는 경험은 두 딸에게는 처음이었다. 분명히 이 추억이 아이들에게 좋은 경험이 되었을 것이다. 짐을 찾고 밖으로 나가니 고요하고 한적한 랑카위와는 대조적인 풍경이었다. 육지와 가까운 페낭은 차와 사람들로 붐볐고, 도시의 냄새가 가득했다. 이제와는 전혀 다른 느낌의 페낭 여행이 시작되었다.

2

페낭

Penang

페낭은 말레이시아의 북서쪽에 위치한 큰 섬이다.

빈랑나무가 많아 '페낭'이라는 이름이 지어졌는데, 현지인들은 '피낭'이라고 부른다. 배로 5~10분이면 본토로 들어갈 수 있을 만큼 육지와 가까워 도시는 활기차다. 기후가 평온하고 페낭 특유의 자연이 잘 보존되어 있어 '동양의 진주'라고도 불린다. 그래서인지 페낭 사람들의 얼굴에는 여유로움이 느껴진다. 그러나 동남아시아 중심의 지리적 위치로 인해 예전부터 영국 등 타국의 침략과 식민지화가 자주 일어났던 슬픈 추억이 담긴 곳이기도 하다.

페낭 역사를 살펴보면, 한마디로 '이민 노동자들의 섬'이다.

예전부터 중국, 인도, 미얀마, 태국 등 인근 국가 사람들이 일거리를 찾아 페낭에 정착하였다. 여러 민족이 페낭에 모여 살다 보니 각각의 문화가 섞이고 어우러져 독특하고 다양한 문화로 발전하게 되었다. 중국 · 인도 · 이슬람 문화가 조화로운 구시가지인 '조지타운'은 그 가치가 인정되어 2008년에 유네스코 문화 유산으로 지정되었다. 조지타운에서 '얍 콩시(Yap Konggsi)'나 '쿠 콩시(Khoo Kongsi)'의 중국식 사원과 무슬림 사원인 '르부 아체 모스크(Masjid Lebuh Acheh)', 리틀 인디아 지역의 관문인 '스리 마하 마리암만 사원(Sri Mahamariamman Temple)'을 거닐다 보면 한 자리에서 중국 · 이슬람 · 힌두교 문화를 한꺼번에 경험할 수 있다.

우리 가족은 바람길 여행을 떠났다

다양한 문화가 공존한 곳인 만큼 여러 나라의 음식을 맛볼 수도 있다. 아침에 중식, 점심은 인도식, 저녁은 이슬람식 등으로 하루에 여러 식문화를 즐길 수 있다. 해가 질 무렵 해안가 주변의 노점상에 앉아 바다에 비친 석양을 바라보며 먹는 한 끼는 페낭 여행자만의 특권이다.

쿠알라룸푸르보다 멀리 떨어져 있어 물가도 저렴하여, 컵라면 · 과자 같은 먹거리나 비누 · 칫솔 · 치약 등 생필품을 부담 없이 구입할 수도 있다. 덕분에 장기 여행자인 우리 가족은 가벼운 지갑으

2. 페낭(Penang)

로도 비교적 여유롭게 생활할 수 있었다.

구시가지 주변에서는 오래된 가옥에 그려진 여러 벽화를 볼 수 있다. 골목 구석구석 숨겨져 있는 벽화와 설치 미술을 찾아보는 건 보물 찾기를 하는 것 같다. 구시가지를 벗어나면 높은 빌딩과 쇼핑몰로 이루어진 신시가지가 보인다. 길 하나 차이로 신시가지와 구시가지가 나뉘는데도 서로 배타적이지 않고 자연스럽게 어우러져 있다. 무분별한 개발보다는 과거의 역사와 다양한 문화를 존중하고 보호하려는 말레이시아 사람들의 민족성을 엿볼 수 있는 대목이다.

옛것과 새것을 대하는 말레이시아 사람들의 태도를 보며 경복궁과 종묘가 생각났다. 항상 복잡하고 사람들로 붐비는 광화문을 피해 경복궁에 들어가면 고요함과 평온한 분위기의 전혀 다른 세상이 펼쳐진다. 종로에서 급하게 일을 처리하고 사람들에 치여 바삐 움직이다가 종묘에 들어가면 엄숙함과 근엄함을 느낀다. 마치 조선 시대로 시간 여행을 떠난 것 같은 착각이 든다. 우리의 소중한 문화 유산이다.

그러나 인사동이나 삼청동은 무분별한 개발로 뒤죽박죽이 되어버렸다. 옛 풍경도 아닌 현대적 감성도 아닌 꿰다놓은 보릿자루처럼 이것도 저것도 아니게 되어 버렸다.

우리 가족은 바람길 여행을 떠났다

페낭은 과거와 현대의 조화, 다양한 문화의 공존, 노동 이민자의 설움과 뿌리를 내리기 위해 치열하게 살았던 그들의 삶이 온전히 전해진 곳이다. 역동적이고 전통을 간직한 페낭은 그렇게 내 마음 속으로 친근하게 들어왔다.

페낭 숙소 앞에서 바라본 상점

 익숙한 길에서 잠시 벗어나다

랑카위와는 달리 페낭에서는 쉽게 그랩을 잡고 숙소로 갈 수 있었다.

"아빠~ 여기는 차가 많아요~!"

"여기는 서울 같아요!"

시골에만 살았던 우리 두 딸은 도시라고는 부모님이 계신 서울밖에 간 적이 없었다. 그래서 차 많고 사람 많으면 무조건 '서울'이다.

아침부터 분주하게 이동하여 숙소에 도착하였다. 체크인을 하고 방으로 들어갔다. 긴장이 풀렸는지 몸과 마음은 노곤해진다. 온몸이 꼬질꼬질한데도 귀찮다는 아이들을 씻기고 밖으로 나왔다. 보통 도착한 후 첫 끼는 햄버거 아니면 중국식 볶음밥이다. 웬만해서는 맛이 없을 수가 없어서 실패할 일이 없다. 배가 부르고 나니 산책을 하고 싶었다.

"아빠랑 산책할 사람?"

"저요!"

둘째는 바로 손을 들었다.

"해인이는?"

"음…. 귀찮아. 방에 가서 TV 볼래요."

"그… 그래."

첫째와 아내는 숙소에 들어가고 둘째와 나는 밖을 나섰다. 소화도 시킬 겸 숙소 주변을 산책하면서 셀프 세탁소, 마트, 약국, 병원, 정류장 등 우리에게 필요한 곳을 찾아 지도에 표시해 둔다.

우리 가족은 보통 한 곳에 3~4일은 머무는 편이다. 첫째 날에는 지도를 들고 주변을 돌아다니고 길을 익힌다. 둘째 날은 지도에 표시한 가고 싶은 곳, 가이드북에서 추천한 곳 위주로 돌아다니고 인증 사진도 남긴다. 셋째 날이 되면 지도와 핸드폰은 놓아두고 카메라와 그림 도구를 들고 밖을 나선다. 이때가 가정 설렌다.

"아빠, 지금 어디 가요?"

"나도 몰라. 그냥 돌아다니는 거야."

"아! 갈림길이 나왔어. 왼쪽으로 갈까? 오른쪽으로 갈까?"

"오른쪽으로 가요~!"

무작정 돌아다닌다. 갈림길이 나오면 아이들에게 물어봐서 방향을 정하기도 하고 가위바위보를 해서 이긴 사람이 결정하기도 한다. 하지만 골목골목 돌아다니다 보면 길을 잃어버리게 된다. 그래도 괜찮다. 걷다 보면 아는 길이 나올 거다. 관광지를 피해 동네 안으로 들어서면 마치 탐험가가 된 기분이다. 여행자와 호객꾼이 점점 사라지고 그들의 일상으로 들어가게 된다.

빨래를 너는 아낙네, 간이 슈퍼 앞 노상에서 차를 마시는 어르신들, 담배를 입에 물고 오토바이를 고치는 아저씨, 가방을 메고 학교에 늦었는지 헐레벌떡 뛰어가는 아이들, 그들과 눈인사를 나누기도 하고, 비슷한 또래들은 우리 딸과 함께 놀기도 한다.

그들이나 우리나 삶은 비슷하면서도 새롭다. 카메라 셔터를 계속 누른다. 길을 걷다가 새소리와 바람 냄새가 좋은 곳에 멈춘다. 대충 앉아 스케치북을 꺼낸다. 그림에 열중하다 보면 근처 어르신들이 내 그림에 관심을 보인다. 손짓·발짓 이야기 나누다가 함께 기념 사진을 찍는다.

어느덧 걷다 보면 숙소에서 멀리 떨어졌지만 길을 잃어버릴 걱정은 없다. 다시 돌아가다 보면 익숙한 공간이 나올 것이다. 아니면 숙소를 찾아 헤매는 동안 새로운 주변의 풍경들이 날 기다리고 있을 것이다. 낯선 공간에서 겪는 당황보다 기대가 된다.

길을 잃는다는 건 새로운 세계와 마주하는 기쁨이다.

페낭 골목

2021. 12 (. Penang Jota

금속 벽화 보물 찾기

페낭은 조지타운을 주변으로 한 올드시티 자체가 예술 도시다. 곳곳에 다양한 조형물과 예술품이 가득하다. 산책하면서 숨어 있는 작품을 찾는 재미도 쏠쏠하다. 조지타운 스트리트 아트(George Town Street Art)는 조지타운의 역사를 금속 작품이나 벽화로 표현한 곳이다. 우리는 벽화를 중심으로 한 '스트리트 아트(Street Art)'보다는 금속 작품인 '마킹 조지타운(Making George Town)'을 찾아보기로 했다. 마킹 조지타운은 2012년 '조지타운 페스티벌'의 거리 예술 프로젝트로 시작되었는데, 주변 건물 벽에 쇠줄을 이어 만화 형식으로 익살스럽게 표현해 놓았다.

"오늘은 마킹 조지타운 안내도를 보면서 몇 개나 찾을 수 있는지 돌아다녀 볼 거야. 먼저 찾는 사람이 알려주기!"

두 딸과 아내는 지도를 들고 보물 찾기하듯이 함께 주변을 돌아다녔다. 다른 여행자들도 우리처럼 금속 작품을 배경으로 사진찍기에 분주하다.

"아빠! 저 찾았어요!"

첫째가 찾은 그림은 '대포 구멍(Cannon Hole)'이란 작품이다. 인력거에 탄 할머니의 화난 표정과 바닥 구멍에 누군가 떨어진 듯한 작품인데, 1867년 중국계 말레이시아 조직 간의 다툼으로 시발된 페낭 폭동을 다루고 있다.

"아빠~, 저는 이 여자애가 예뻐요."

둘째가 찾은 '스파이(Spy)'라는 작품은 20세기 초 일본 카메라숍을 중심으로 스파이 활동을 한 것을 표현한 작품이다.

"아빠는 변발한 아저씨를 찾았어!"

스파이

재산

　내가 찾은 작품은 '재산(Property)'이라는 작품이다. 지리상 특성으로 인해 일찍이 서양과의 교류가 생기기 시작한 페낭의 18세기 빅토리아 거리가 생긴 유래를 담고 있다.

우리 가족은 바람길 여행을 떠났다

로프 워크

"엄마는 머리 묶는 여자아이를 찾았지."

아내가 찾은 작품은 '로프 스타일(Rope Style)'이라는 작품인데, 19
세기 길을 따라 행해진 긴 로프를 만들기를 주제로 하였기에 로프
워크라는 이름이 붙여졌다고 한다. 그당시 로프는 코코넛 껍데기
섬유로 만들었는데, 길 가운데서 긴 로프를 만들었다고 한다.

안내도를 들고 구석구석 돌아다니다 보니 반 이상은 찾은 것 같다. 기념 사진도 찍고 누가 많이 찾았는지 내기도 하다 보니 오전이 후딱 지나갔다. 조지타운 주변에는 벽화가 30개 이상이나 있다고 하는데, 앞으로도 계속 만들어질 예정이라고 한다.

지리적 위치로 인하여 예전부터 외국과의 교류도 많았고 침략도 많았던 다사다난한 페낭의 역사이다. 이를 누구나 쉽게 각인할 수 있도록 익살스러운 설치 미술로 표현하였다. 이런 작품들은 페낭 사람들의 정체성을 찾아갈 수 있는 좋은 방법인 것 같다.

우리나라도 유구한 역사 속에서 찬란한 때도 있었고, 외세의 침략으로 힘든 시절도 있었다. 우리 민족의 희로애락을 이곳의 벽화처럼 직관적으로 표현하여 공공미술로 광화문, 인사동 같은 곳에 설치하면 어떨까 하는 생각도 들었다.

나를 살찌게 한 말레이시아 주전부리 3종 세트

나는 평소 과자 같은 주전부리를 즐겨 먹지 않는다. 그리고 빵도 먹지 않는다. 빵이 싫은 건 아닌데 맛있다고 느껴본 적이 없다. 남들은 빵으로 한 끼를 때운다고 하는데, 나는 밥이 아닌 이상 나머지는 주전부리이다. 이런 내가 페낭에서 과자에 푹 빠져버렸다.

우리는 여행을 할 때 먹거리는 이틀치 만큼만 산다. 많이 사면 나중에 짐이 되고, 개미가 달려들어 숙소가 난장판이 될 수도 있기 때문이다. 오늘도 우리 가족은 숙소로 돌아오는 길에 슈퍼마켓에서 장을 보기로 했다. 페낭에는 화이트 커피가 유명하다는 소리에 커피를 사고, 두 딸은 자기가 먹고 싶은 과자 몇 가지를 샀다. 숙소

말레이시아 주전부리 3종 세트

에 돌아와서 화이트 커피와 타이거 과자를 먹었는데 엄청난 궁합이었다. 화이트 커피는 달콤하고 진한 맛으로 우리나라 맥심을 3개 넣은 것 같은 맛이다. 타이거 과자는 여행용 비누처럼 직사각형의 딱딱한 과자인데, 과하지 않은 달콤함이 계속 당긴다. 참 크래커 사이에 초콜릿이 들어 있는 렉서스 과자는 초콜릿의 달콤함을 고소한 크래커가 감싸주는 맛이었다. 화이트 커피에 렉서스, 타이거 과자를 함께 먹으니 달콤함과 고소함이 두 제곱, 세 제곱 더해져 이 조합을 끊을 수가 없었다. 아이들도 이 과자에 빠졌다.

"아빠~ 타이거 과자 더 사야 해요."

과자가 떨어질 즈음이면 미리 알려준다.

"과자 너무 많이 먹는 것 같아. 좀 줄여야 할 것 같아요."

라는 아내도 어느새 동참하여 매일 과자 파티를 즐겼다.

여행하는 동안 화이트 커피와 타이거, 렉서스 과자는 내 동반자가 되었다. 하루에도 몇 번씩 '과자 + 커피의 조합'으로 혼자만의 티타임을 즐겼다. 싱가포르로 출국할 때도 커피와 과자를 각각 한 박스씩 사서 넘어갔다. 그러다 보니 여행 한 달 동안 3kg이나 쪄 버렸다.

이 글을 쓰는 지금도 타이거 과자에 화이트 커피가 그립다. 그 달콤함과 고소함에 내 뱃살 정도는 언제든지 희생할 용의가 있다.

숙소 앞에서 바라본 풍경

 그들의 삶을 느끼는 방법

　대부분 배낭 여행을 가면 여행자 거리에서 숙소를 잡는 경우가 많다. 여행자 거리에는 외국인들은 많지만 현지인은 거의 없다. 그렇기 때문에 편리함은 있겠지만 그들의 삶을 들여다보는 건 쉽지 않다. 언젠가부터 우리 가족은 여행자 거리에 숙소를 잡기보다는 현지인들과 함께 지낼 수 있는 곳에 자리를 잡았다. 페낭에서도 가이드북에서 추천하는 여행자 거리보다는 몇 블록 떨어진 곳에 숙소를 잡았다. 투어 예약이나 교통편 등의 불편함이 있겠지만 그것보다 얻는 것이 훨씬 많다.

근처 모스크에서 들리는 아침 기도 소리를 알람 삼아 일어나 커피를 한 잔 탄다. 커피를 마시며 창문 밖을 바라보는 이웃집의 분주함이 좋다. 편한 옷차림으로 아침 마실을 나가면 햇살의 따사로움이 반갑다. 집 앞을 청소하는 아저씨와 눈인사를 한다.

노점 식당에 쪼그려 앉아 그들과 함께 아침을 해결한다. 근처 정류장에서 버스를 기다리는 것도 좋다.

집으로 돌아올 때 근처 시장이나 슈퍼에서 장을 보는 것도 재미있다. 저녁을 만들어 먹고 설거지한다. 해가 저물고 주변이 어두워지면 아이들과 함께 밖으로 나간다. 근처 야시장에 들려 그들의 무리 속에 들어가 장을 본다.

예전에는 여행을 가면 가이드북에서 소개하는 관광지나 액티비티에 집중했다. 하지만 지금은 일상을 느끼고 그들의 삶에 최대한 밀착하는 시간을 많이 가지려고 한다. 유명한 관광지는 책이나 인터넷 검색만으로도 충분하다. 하지만 그들의 일상을 경험하고 느끼는 건 우리가 얼마나 하느냐에 달려 있다.

여행을 마치고 아이들과 이야기를 나누다 보면 유명한 관광지에 대한 기억은 별로 없다. 그 대신 동네 시장에서 먹었던 길거리 음식이나 현지 사람들의 일상에 대한 이야기, 우연히 같이 놀았던 동네 아이들과의 추억 등이 주를 이룬다.

아이러니하게도 여행은 일상을 벗어나기 위해 떠나지만 그들의 일상에 녹아들기 위해 떠나는 것 같다.

한 곳에서 불교, 이슬람교, 힌두교를 경험하다

조지타운은 다양한 민족들이 어우러져 살고 있다. 대표적인 민족은 중국인, 인도인, 페낭인인데, 그들의 종교가 각기 다르기에 한 곳에서 불교, 이슬람교, 힌두교를 경험할 수 있다. 우리는 기독교 집안이지만 불교 사원, 모스크, 힌두교 사원을 보는 일은 흔치 않기에 아이들과 함께 다녀보기로 하였다.

"오늘은 불교 사원, 모스크, 힌두교 사원을 가보려고 해."

"모스크랑 힌두교 사원이 뭐에요?"

"힌두교는 인도 사람들이 많이 믿는 종교인데, 신들이 엄청 많대. 아빠도 한 번도 가본 적이 없어."

"불교는 부처님이지요?"

"응, 맞아."

"그럼 모스크는 뭐에요?"

"이슬람교를 믿는 사람들이 예배를 드리는 곳이야."

처음 간 곳은 '아친 스트리트 사원(Malay Mosque Lebuh Acheh)'이었다. 이 모스크는 이슬람 사원으로 조지타운 사이에 있다. 노란색의 첨탑이 눈에 잘 띄어 어디서든지 잘 보였다. 모스크는 마을 중간에

우리 가족은 바람길 여행을 떠났다

아친 스트리스 모스크

있어서 이맘(imām)의 기도 소리가 확성기를 따라 동네 구석구석에
전해져서 우리가 찾는 데도 어려움이 없었다. 19세기에 지어진 이
건물은 Acehnese(인도네시아계 소수 민족)인들이 사는 마을에 세워졌는
데, 최근에 지어진 모스크보다는 아담한 크기라 동네 사랑방 같은
정겨움이 느껴진다.

모스크 안으로 들어가니 떠들던 두 딸도 갑자기 조용해졌다. 종교 시설 특유의 분위기를 본능적으로 느낀 것 같았다. 모스크 안에는 이슬람 복장을 하고 들어가는 가족들과 메카를 향해 기도하는 사람들의 신실함이 느껴졌다. 한낮 더위를 피해 대리석 바닥에 앉아 쉼을 청하는 노인의 모습도 보였다. 모스크를 중심으로 살아가는 무슬림들의 삶을 잠시나마 느낄 수 있었다. 우리 가족도 그들과 함께 대리석 바닥에 앉아 시원하게 부는 바람을 벗삼아 여유를 즐겼다.

어느 정도 쉬었다 생각하여 다음 장소로 이동했다. '콴인텐 사원 (또는 관음사, Kuan Yin Teng Temple)'으로 조지타운에서 가장 오래된 불교 사원이다. 오래된 사원답게 사람들로 넘쳐났고, 그들이 피우는 향으로 주변이 뿌옇다. 관음사에서는 비둘기 무리가 걸어 다니고 날아다녀 두 딸은 무섭다고 엄마·아빠 손을 꼭 잡고 놓지 않는다.

"여기는 페낭에서 가장 오래된 불교 사원이래. 불교는 뭘까?"

"부처님 믿는 거죠?"

생각지도 못한 둘째의 대답에 놀랐다. 유치원생이 어떻게 알았지?

"아빠, 그런데 절은 산속에 있어야 하는 거 아니에요?"

우리 가족은 바람길 여행을 떠났다

관음사

첫째는 평지에 절이 있는 게 신기했던 모양이다.

"우리도 옛날에는 절이 평지에 있었대. 그런데 조선 시대에 불교를 탄압하면서 절이 산속으로 들어갔어. 그래서 지금도 대부분 절이 산에 있는 거야."

"아…. 네."

첫째의 눈을 보니 내가 어렵게 설명했나 보다.

관음사를 뒤로 하고 힌두교 사원으로 길을 나섰다.

스리 마하마리암만 사원

　멀리서부터 빨주노초파남보같이 짙은 원색의 화려한 건물이 눈
에 들어왔다. 점점 다가갈수록 화려함에 눈이 부셨고, 입구부터 창
을 든 사람, 칼을 든 사람, 동물의 형태를 한 사람, 도깨비 등 별의
별 조각품들이 어울려 탑을 이루고 있었다.

　"아빠, 여기 무서워요. 못 들어갈 것 같아."

　문 앞에서부터 두 딸의 눈은 금방이라도 울음이 터질 듯한 기세다.

　"괜찮아, 아빠가 있잖아. 우리 한번만 들어가 보고 무서우면 바
로 나오자."

우리 가족은 바람길 여행을 떠났다

딸들을 달랬지만 나도 힌두교 사원은 처음이라 무서움이 밀려왔다. '스리 마하마리암만 사원(Sri Mahamariamman Temple)'은 19세기에 완공된 페낭에서 가장 오래된 힌두교 사원이다. 그만큼 사원 안에는 인도계 말레이시아 사람들이 기도하러 드나들고, 상체를 탈의한 사제는 손동작을 크게 하면서 의식을 치른다. 인도 특유의 향신료 향이 가득하고, 주변에는 화려하면서 울퉁불퉁한 이름 모를 신들의 그림과 조각상이 가득했다. 처음 보는 딸들과 나는 온몸이 쭈뼛쭈뼛 경직되었지만, 결혼 전 수개월 인도 여행을 다녀왔던 아내는 아무렇지 않은 표정이다.

"아빠, 이제 나가요!"

라는 둘째의 다급한 목소리에 밖으로 나왔다.

다민족 · 다인종 국가답게 말레이시아는 다양한 종교와 문화를 한 곳에서 경험할 수 있었다. 아이들이 아직 어려서 잘 모르겠지만 계속 여행하다 보면 여러 종교와 문화에 익숙해지고 존중하는 방법을 스스로 배울 수 있을 것이다. 이게 나와 아내가 우리 아이들에게 해줄 수 있는 가장 큰 선물이다. 그래도 아직 힌두교는 나에게도 적응할 시간이 필요한 것 같다.

곤목길 사이로 보이는 5층짜리 아파트

 내가 어릴 때 살았던 5층짜리 아파트

페낭 어디쯤이었는지는 기억나지 않지만 길을 걷다가 한 아파트가 눈에 들어왔다. 아파트는 상아색 외벽에 중간중간 파란색이 들어가 시원해 보였다. 때마침 바람이 내 땀을 식혀 주었다. 시원함 때문인지 한동안 아파트를 바라보다 셔터를 눌렀다.

숙소에 돌아와 아이들을 씻기고 재운 후 스케치북과 펜을 들었다. 아까 찍어 두었던 파란 아파트를 그리고 있는데, 문득 어릴

우리 가족은 바람길 여행을 떠났다

적 국민학교 시절 5층짜리 임대 아파트에 살던 때가 생각났다. 지금이야 15층 이상의 고층 아파트뿐이지만 어릴 적 아파트는 대부분 5층이었다. 우리 집은 5층이었는데, 세대수가 적어 같은 동 이웃들은 금방 친해졌다. 가정 형편과 나이가 비슷해서 서로 가족같은 분위기였다. 어머니는 같은 동 아주머니와 도란도란 이야기꽃을 피우고, 우리는 말도 안 되는 규칙이 적용된 게임을 하며 온종일 뛰어놀았다.

밤과 감이 나오는 계절에는 창가에 말린 밤과 곶감으로 가을 풍경이 연출되었다. 오징어 철이 되어 반건조 오징어를 만든다고 오징어를 손질해 창가에 널어놓을 때는 바다 내음으로 가득했다. 우리 집 반찬이 옆집 밥상에 오르고, 옆집 과일은 우리 집 후식이었다. 수업이 끝나면 친구들과 아파트 입구에서 만난다. 돗자리를 깔고 하나둘 모여 놀이판이 벌어진다. 부루마블도 하고, 동전 야구도 하다 보면 어느덧 저녁이다. 아파트 입구가 우리의 아지트였으며 아파트 앞마당은 야구장, 축구장이었다.

지금은 15층 아파트에 산다. 새 아파트라 놀이터도 많고 사우나, 체육관, 티 카페, 도서관 등 편의시설도 다양하다. 하지만 옆집 사람과 이야기를 나누는 일은 거의 없다. 윗집과 아랫집에 사는 사람이 누구인지도 모른다.

익명성이 존중되고 개인의 삶이 보장받는 요즘이지만, 우리 아이들은 동네에 친구들이 많이 생겼으면 좋겠다. 휴대폰과 컴퓨터가 아니라 친구들과 함께 뛰어놀았으면 좋겠다. 갑자기 이런 생각이 드는 걸 보니 나도 나이가 들었나 보다.

켁록시 사원

켁록시 사원(Kek Lok Si Temple) 등반기

페낭에는 중국계 말레이시아인이 약 40% 정도로 많은 화교가
살고 있다. 그러다 보니 곳곳에 중국식 사원이나 제단을 쉽게 볼
수 있고, 중국어로 된 간판을 쉽게 볼 수 있다. 오늘은 중국식 사원
의 백미인 켁록시 사원을 가보기로 하였다.

"오늘은 켁록시 사원에 가는 날이야. 걸어서 갈 수 없어서 버스
를 타고 가야 해."

"얼마나 걸려요?"

"한 시간 정도 걸린다던데?"

"와! 머네요."

"사원이 엄청 크대. 산 전체가 사원이라서 한참 올라가야 해."

"정말요? 힘든 건 싫은데….."

켁록시 사원은 전체를 둘러보려면 뒷산 등산 정도의 코스라고 한다. 그래서 곳곳에 카트와 리프트를 이용해서 올라갈 수 있다. 아이들에게는 일부러 "오늘은 고생할지도 몰라."라고 겁을 주고 카트나 리프트는 알려주지 않았다.

사원까지는 버스를 타고 가기로 했다. 숙소에서 5분 거리가 종점이라 많은 버스가 오고 간다. 우리는 버스 번호를 몇 번이고 확인하고, 타기 전에 버스 기사에게 "켁록시? 켁록시?"를 외쳤고 버스 기사의 "오케이, 오케이!"를 여러 번 확인한 후에 버스에 올랐다. 버스는 점차 도시를 벗어나 시골길로 들어섰다. 도착한 기점에 내리자 멀리 산이 보였고, 그중 반이 사원이었다. 그곳이 켁록시 사원이었다.

"저길 어떻게 올라가요?"

"더워요. 못가요."

벌써 아이들은 못 간다고 투정이다.

"사실은 조금만 올라가면 전기로 움직이는 차를 타고 올라갈 수 있어. 그리고 리프트를 타고 정상까지 올라갈 수 있대."

"저기까지만 걸어 올라가면 되는 거예요?"

"그럼, 그럼."

아이들은 그제야 안심이 되는지 아내와 내 손을 잡고 출발했다. 이른 아침에 출발해서 사람들은 많지 않았다. 그래서 고요한 사원의 포근함과 고즈넉함을 온전히 느낄 수 있었다.

켁록시 사원은 동남아시아에서 가장 큰 절답게 입구에서부터 웅장함에 압도되었다. 켁록시 사원은 19세기에 20년에 걸쳐 지어졌다고 한다. 그중 30m 높이의 7층 석탑이 켁록시 사원을 대표하는 건축물인데, 한 가지 건축 양식이 아니라 중국식, 태국식, 미얀마 식이 혼합되어 있다. 건축가가 한 명이 아니라 중국, 태국, 미얀마 사람으로 이루어져서 독특한 건축 양식으로 표현되었다고 한다.

아이들은 사원을 구경하는 것보다 전기 카트와 리프트를 타는 것이 더 재미있나 보다. 둘 다 처음 타보는 것들이라 신기한지 손을 흔들고 사진을 찍어달라고 난리다. 중간중간에 도착하여 주변을 둘러보면 층마다 특색과 독특한 맛이 있다. 어느 층에는 도자기로 만들어진 화분, 분수가 고풍스러운데 심지어 화장실까지도 도자기로 우아한 자태를 보여준다. 다른 층에는 진천 보탑사처럼 사원 전체

가 야생화로 꾸며져 우아한 아름다움을 뽐낸다. 리프트를 타고 걸
어 정상에 올라가면 시원한 산바람과 더불어 가슴이 뚫린다.

　꼭대기에는 30m 높이의 관세음보살상이 있는데 바라보기만 해
도 겸손해진다. 관세음보살상이 바라보는 눈길을 따라 페낭 시내
의 전경을 함께 음미한다.
　"자 이제 내려갈까?"
　"네~ 좋아요."
　"그런데 내려갈 때는 걸어서 가요."

"그래? 그 대신 내리막길이니까 뛰면 안⋯."

말이 끝나기도 전에 아이들은 내리막길을 달린다.

"뛰면 안 돼. 다쳐!"

아내의 말은 들리지 않는가 보다. 아니 안 들리는 척하는 것일 거다. '오르막길보다는 내리막길이 달리는 맛이 있겠지.'하며 천천히 하산했다.

나중에 알게 되었는데 '켁록시'는 한자어로 '극락사'이다. '극락사'라는 글자를 읽고 중국계 이주민들이 처음으로 페낭으로 넘어왔을 때를 상상해 보았다. 자기 고향을 떠나 낯선 타국에 와서 그것도 육지가 아닌 황폐한 섬에 도착하였을 때 어떤 생각이 들었을까? 낯선 언어와 환경 속에서 맨손으로 자기 삶을 일궈내는 그 과정이 얼마나 치열했을까?

치열함과 생존을 위해 버티는 그 처절한 삶 속에서 중국계 이주민들은 더욱 똘똘 뭉쳐 부처의 가르침으로 하루하루 버텨냈을 것이다. 현재의 고된 삶을 버텨 사후에 '극락'에서 함께 만나기를 소망했기에 그들의 정신과 철학이 켁록시 사원에 고스란히 담겼을 것이다. 초기 중국계 이주민들의 삶을 생각하니, 화려하고 웅장한 켁록시 사원의 겉모습보다 페낭에서 자리를 잡으며 버틴 간절한 소망이 느껴져 가슴이 벅차올랐다.

말레이시아 한식은 순두부

다들 그러하듯이 외국만 나오면 한식이 그립다. 2~3일에 한 번씩 햇반과 컵라면을 먹었는데도 성에 차지 않기만 한다.

"아빠, 한국 밥 먹고 싶어요. 흰쌀밥 먹고 싶어요."

그래. 나도 한식이 사무치게 그리웠다. 따끈따끈한 흰쌀밥에 된장찌개가 그립고, 밥 위에 김치를 얹어 한 입 베어 물면 얼마나 행복할까?

"그래! 오늘 점심은 한식당으로 가자!"

"와~~!"

말레이시아 순두부 정식

우리 가족은 바람길 여행을 떠났다

아내의 결단에 우리 세 부녀는 만세로 화답했다. 가이드북과 구글 검색을 통해 한식당을 폭풍 검색했다. 세 부녀의 목적이 같으니 식당 찾기는 일차천리로 이루어졌다. 말레이시아는 한식당이 많은 편인데, 교민이 하는 한식당뿐만 아니라 현지인이 운영하는 한식당도 많았다. 한식이 점점 대중화되는 것 같다. 생각해 보니 10여 년 전에 비해 지금은 동남아시아 어디를 가든지 한식당이 한두 곳씩은 있다. 한류의 영향과 우리나라 사람들이 외국 여행을 많이 다니는 것도 한몫 한다. 특히 말레이시아는 푸드코트에도 한식당이 있고, 한식 프렌차이즈도 있었다. 심지어 백종원 사진도 걸려있다.

우리는 조금 멀어도 교민이 하는 한식당으로 결정하였다.

"얘들아, 20분 정도 걸어가야 하는데 괜찮아?"

"괜찮아요! 그 정도는 참을 수 있어요."

적극적이다. 우리는 걸어가기로 하였다. 한식당은 조지타운 외곽 쪽에 있는데, 20분을 걸어도 나오지 않는다. 다시 구글 지도를 켜 보니 아직 10여 분은 더 걸어야 한다. 결국 땡볕에 40분을 걸어 한식당에 도착했다. 왠지 구글에 속은 기분이다. 구글에서 말하는 20분은 키가 180이 넘고 성큼성큼 걸어 다니는 서양 사람 기준인가 보다.

어쨌든 식당에 들어서자마자 물을 마시고 메뉴를 보았다. 다른 외국과는 달리 말레이시아는 한식의 메인 메뉴가 순두부찌개였다. 보통 외국에 있는 한식당은 김치찌개, 된장찌개, 비빔밥 등이 주를 이루는데 여기는 온통 순두부이다. 고기 순두부, 해물 순두부, 치즈 순두부…. 순두부만 파는 프렌차이즈 식당도 있었다.

"순두부찌개 괜찮아? 해령이가 좋아하는 미역국은 없네."

"괜찮아요! 다 먹을 수 있어요."

"매운데 먹을 수 있어?"

"물에 씻어 먹으면 돼요!"

한식에 나름 자부심이 있는 둘째가 한식이면 어느 것이든 상관없단다. 역시 외국에 나오면 편식은 자연스럽게 고쳐지는 것 같다. 우리는 순두부찌개를 종류별로 시키고 먹었다. 온전히 먹는 데만 집중하였다. 아무런 대화 없이 먹기만 했다. 어느 정도 배가 차고 입안에 고춧가루와 김치 향이 맴도니 서로 여유가 생기기 시작했다.

"어때 맛있었어?"

"네. 너무 맛있어요."

"그래 다행이다. 우리 이제 며칠은 또 현지식 먹어야 해. 알았지?"

"저…, 다음에는 삼겹살 먹으면 안 돼요?"

먹을수록 냠냠하다더니 삼겹살을 먹으려면 며칠은 볶음밥으로

우리 가족은 바람길 여행을 떠났다

만 연명해야 할지도 모르겠다. 돌아가려고 일어서니 땡볕이 더 심해졌다. 20분 거리라는 구글에 한 번 당했기 때문에 버스를 타고 돌아가기로 하였다.

버스를 타고 돌아오는 길에 문득 '말레이시아에서는 왜 순두부가 많을까?'하는 의문이 들었다. 아마도 중국계 말레이시아인들이 많은 이곳에서 쉽게 구할 수 있는 식재료가 '두부(tofu)'였을 것이다. 구하기도 쉽고 현지인들에게 익숙한 식재료이다 보니 한식당에서도 메인 메뉴가 되었고, 비교적 저렴한 가격에 판매하지 않을까?

한류의 영향으로 한식에 대한 수요가 늘었고 순두부는 현지인들에게도 익숙한 식재료다 보니 말레이시아의 한식당에는 한국인보다 현지인들이 많았다. 우리나라에서도 초밥, 마라탕처럼 외국 음식이 자리 잡은 것처럼 말레이시아에서도 한식이 점점 그들의 식문화 중 하나로 자리 잡는 것 같다.

어쨌든 오랜만에 순두부를 먹었더니 짜장면, 탕수육, 떡볶이, 김밥 등 우리나라 음식이 자꾸만 더 생각난다. 오늘은 야식으로 뽀글이나 해야겠다.

클랜 제티

 딸들아, 수상 가옥은 처음이지? 클랜 제티(Clan Jettys)

"오늘은 수상 가옥을 보러 가자!"

"수상 가옥이 뭐에요?"

"수상 가옥은 땅이 아니라 물 위에 집을 짓는 거야."

"에이~, 어떻게 물 위에 집을 지어요?"

"가보면 알지, 출발하자!"

우리 가족은 바람길 여행을 떠났다

조지타운에서 바다 쪽으로 걸어가다 보면 나무로 만든 판잣집들이 보인다. 가까이 가보면 전부 수상 가옥이다. 클랜 제티라고 불리우는 곳인데, 19세기 초 중국계 이민자들이 하나둘씩 모여 살기 시작한 곳이다. 그들이 처음 페낭으로 넘어왔을 때 가난하여 집을 구하지 못하였다고 한다. 그러던 중 얕은 바다에 집을 지었고, 가구 수가 하나둘씩 늘면서 집성촌이 형성되어 지금까지 이어져 오고 있다.

"아빠! 정말 물 위에 집이 있어요."

"떠내려가면 어떻게 해요?"

두 딸은 처음 본 수상 가옥이 신기한가 보다. 아이들 손을 잡고 수상 가옥 마을로 들어선다. 한 발 한 발 밟을 때마다 삐그덕 삐그덕 판자 소리가 정겹다.

"얘들아, 엄마·아빠 손 꼭 잡고 걸어야 해. 뛰지 말고. 물에 빠지면 큰일 나."

아이들에게 다시 한번 주의를 줬다.

"그리고 여기는 아직 사람들이 사는 집이니까 크게 떠들면 방해돼. 알았지?"

이럴 때 교사의 직업병인 잔소리 폭풍이 이어졌다. 아이들은 "네~. 네~."하며 속으로는 '또 잔소리네~.'하는 표정이다.

2. 페낭(Penang)

판자 길을 따라 걷다 보면 중간중간 벽화나 그림이 아기자기하게 그려져 있고, 동남아시아 특유의 빨갛고 노란 꽃들이 심겨 있는 화분들이 발걸음을 멈추게 한다. 아이들과 함께 사진도 찍으면서 여유로운 시간을 가졌다. 큰아이는 수상 가옥 안이 궁금했는지 걸으면서 힐끔힐끔 쳐다본다. 한국에 돌아가면 도서관에서 수상 가옥 관련 책을 함께 찾아봐야겠다.

한참을 걷다 보니 탁 트인 바다가 우리를 기다리고 있었다. 바다의 옥빛 내음과 어우러진 고깃배를 보면서 어촌 마을의 소박함이 느껴졌다. 클랜 제티에서는 한낮 더위를 피해 바닷바람을 느끼며 산책하는 것도 좋고, 중간마다 놓인 판자로 만든 벤치에 앉아 하늘과 바다를 멍하니 바라보는 것도 좋다. 타국에서 주위에 신경쓰지 않고 온전히 나에게만 집중하는 이 순간이 여행자의 특권이다.

기차를 선택하기 잘했다(페낭에서 쿠알라룸푸르로)

페낭에서 쿠알라룸푸르로 넘어가는 날이었다. 여행 일정 중 가장 장거리 이동이기에 만반의 준비를 했다. 오늘 일정은 '페낭-버터워스-쿠알라룸푸르'다. 여행을 떠난 지 열흘이 넘었고, 장거리 이동이기에 아이들의 컨디션이 중요했다. 다행히 아이들의 컨디션은 좋아 보였다. 각자의 캐리어와 짐을 들고 일렬로 걸어가니 주변 시선이 느껴졌다. 오리 가족처럼 줄지어 걸어가는 우리가 신기했나 보다.

그랩(Grab)을 불러 항구로 향하였다. 도착한 항구에는 사람들로 북적였다. 항상 이동할 때는 아이를 놓치거나 소매치기 당하는 등의 불상사가 생길 수 있기에 신경을 곤두세우고 움직여야 한다. 항구에서 약 10분간 페리를 타고 버터워스(Butterworth)로 넘어간다. 신기하게도 페낭에서 버터워스로 갈 때는 뱃삯을 받지 않고 버터워스에서 페낭으로 들어올 때만 뱃삯을 받는다. '앗싸! 돈 굳었다!' 우리가 탄 페리는 강화도로 넘어갈 때 타는 배와 흡사하다. 1층은 자동차가, 2층은 승객이 탈 수 있는 구조지만 크기는 우리나라의 2배로 웅장하다. 그만큼 페낭과 버터워스를 오가는 사람들이 많고 버터워스에서 페낭으로 출퇴근하는 사람들이 많다는 뜻이기도 하다. 항구는 온종일 사람들로 붐볐다.

"아빠~, 배 엄청나게 커요! 저기 배 봐요."

아이가 가리키는 배들은 아기자기한 그림들로 꾸며져 있었다. 자세히 보니 말레이시아의 랜드마크를 주제로 배를 꾸몄다. 단조로운 색깔이 아니어서 멀리서도 쉽게 볼 수 있다. 약 10분 정도 걸리는 짧은 거리였지만 커다란 페리를 타고 버터워스로 넘어가는 느낌이 괜찮았다. 두 딸도 "엄청~ 큰 배를 탔어요!"라며 또 타고 싶다고 한다.

페낭에서 버터워스로 넘어가는 페리

110

우리 가족은 바람길 여행을 떠났다

"여보, 얘들아. 우리 여행 온 지 처음으로 육지에 내린 거야."

"네? 설마요."

"여보, 맞네요. 랑카위도 섬이고 페낭도 섬이니, 11일 만에 육지에 내렸네."

랑카위와 페낭이 큰 섬이라 인식하지 못했을 뿐이지 우리 가족이 열흘 이상 육지를 벗어난 것은 이번이 처음이었다. 기차 시간이 얼마 남지 않아 발걸음을 재촉하며 버터워스 역으로 향하였다. 역무원에게 이미 예매한 티켓을 보여주고 탑승했다. 다행히도 우리 자리에는 아무도 없었다. 간혹 여러 나라를 여행하다 보면 내가 예약한 자리에 다른 사람이 타고 있어 표를 보여줘도 자기 자리라고 실랑이하는 경우(물론 그 사람에게는 티켓이 없다)가 있는데, 이번에는 별 탈 없이 자리에 앉았다.

버터워스에서 쿠알라룸푸르역까지는 약 350km로 6시간 정도가 소요된다. 말레이시아 북쪽에서 남쪽으로 내려가는 여정이다. 장거리 이동이라 여행 준비 때부터 기차를 예매했는데 탁월한 선택이었다.

"아빠, 심심해요."

"엄마, 쉬 마려요."

"아빠, 다리 아파요. 걷고 싶어요."

만약 '버스를 타고 6시간을 이동했다면 어떠했을까?'라고 생각하니 끔찍했다. 어린 두 딸은 6시간 동안 갇힌 공간에서 지겹고 힘들어했을 것이다. 멀미하는 둘째는 버스를 탔으면 구토를 했을 것이다. 하지만 기차를 탄 우리는 여유로웠다. 화장실도 자유롭게 다니고 심심하면 맨 앞 차량에서 맨 끝 차량까지 걸어가 보기도 하고, 차량 연결 통로에서 바람을 맞을 수도 있었다. 기차는 끝없이 펼쳐진 들판을 지나 앞으로 가고 있었다. 창문 밖에는 팜나무 숲과 이름 모를 나무들의 향연이 펼쳐졌다. 어느덧 노을이 지고 밤이 될 무렵 쿠알라룸푸르에 도착했다.

졸음과 피곤에 지친 두 딸을 어르고 달래서 쿠알라룸푸르 센트럴 역을 나왔다. 바쁘게 지나가는 사람들, 도로에 가득 찬 자동차, 높이 솟은 빌딩 숲. 쿠알라룸푸르의 첫인상은 말레이시아의 중심지이자 수도답게 화려했다. 불과 6시간 전만 해도 랑카위, 페낭의 한적함에 익숙했던 우리가 대도시의 복잡함, 분주함에 적응해야 하는 상황에 놓이게 되었다. 마치 시골 쥐가 서울 쥐를 만나러 상경한 기분이다. 우리 가족도 인파에 휩쓸려 역을 나와 역 근처 호텔에 짐을 풀었다.

동남아시아의 허브이자 국제 도시인 쿠알라룸푸르에서의 생활이 시작되었다.

3

쿠알라룸푸르

Kuala Lumpur

쿠알라룸푸르는 동남아시아의 대표적인 도시이다. 선진국으로 도약하기 위해 애쓰고 있음을 실감할 수 있었다. 곳곳에는 높은 빌딩과 마천루를 짓는 공사가 한창이다. 모노레일, 메트로, 버스, 택시 등 다양한 교통시설이 있어 편리하게 이동할 수 있다. 심지어 'GO KL BUS'는 도시의 중심지를 운행하는 무료 버스라 가난한 여행자들에게는 큰 도움이 된다. 비즈니스의 도시답게 각국의 다양한 사람들이 드나들기 때문에 외국인에 대해 관대한 분위기다. 치안도 비교적 안전한 편이어서 밤에 큰 길가를 돌아다니는 데에는 어려움이 없다.

쿠알라룸푸르는 쇼핑의 도시이다. 저가부터 고가까지 다양한 브랜드와 쇼핑몰이 있다. 지갑 사정이 허락하는 대로 알맞은 쇼핑몰에서 즐겁게 쇼핑하고, 우리나라에서는 고가의 브랜드 제품도 발품을 팔면 나름 저렴하게 구입할 수 있다. 쇼핑에 관심 있는 사람이면 득템(?)을 할 수 있는 곳이기도 하다.

메르데카 광장을 가면 19세기 영국의 식민지 시절에 지어진 음악박물관, 국립 섬유박물관, 시립극장, 술탄 압둘 사마드빌딩 등 고풍스러운 유럽식 건축물도 감상할 수 있다.

무엇보다도 쿠알라룸푸르에는 쌍둥이 빌딩인 '페트로나스 트윈타워'가 높이 솟아 있는 것이다. 이곳은 여행 필수 코스이기 때문에 낮이든 밤이든 사람들로 가득하다.

쿠알라룸푸르는 서울과 견주어도 무색할 만큼 장점이 많은 도시이다. 그중 내가 가장 꼽는 매력은 다양한 문화의 존중과 어울림이다. 예전부터 다양한 민족들이 어우러져 사는 나라인 만큼 다양한 인종과 문화가 공존하고 있다. 국교가 이슬람교이기 때문에 이슬람 문화 중심이지만, 중국인 이민자가 자신의 문화를 지키고 있는 '차이나타운', 인도계 이민자가 힌두교를 보존하고 가꾸어 가는 '리틀 인디아'는 쿠알라룸푸르의 대표적인 3대 문화이다.

한 곳에서 말레이, 중국, 인도의 문화를 맛볼 수 있다는 점은 여행자들이 이곳으로 몰리게 하는 이유이다. 예를 들어 아침은 말레이식 식사를 하고, 차이나타운에서 중국식 정식을 먹고, 저녁은 인도식 커리를 먹는 식으로 하루 동안 다채로운 경험을 할 수도 있다. 다양한 문화가 공존하고 있는 이 공간에서 서로의 문화를 존중하고 살아가는 모습들은 상대적으로 다른 문화에 배타적인 우리나라가 본받아야 할 점이 아닌가 싶다.

국립 모스크(Masjid Negara)

 나만의 쉼터, 모스크

쿠알라룸푸르의 첫날은 호텔 조식부터 감동했다. 여태까지 먹어
본 곳 중 최고였다. 순도 100퍼센트의 과일 주스가 10종이 넘고,
각종 열대 과일에, 빵에, 요구르트까지 별의별 음식이 아침부터 침
샘을 자극한다.

"아빠~, 여기 한식도 있어요!"

말레이시아 음식, 일본식, 중국식뿐만 아니라 한식까지 있어서 아침부터 배가 터질 만큼 든든하게 챙겨 먹고 밖을 나섰다.

쿠알라룸푸르에서의 첫 번째 여행지는 국립 모스크(Masjid Negara)로 정하였다. 여행지의 첫인상과 분위기를 느끼기에는 종교 시설이나 박물관만한 게 없다. 우리는 무료 버스인 'GO KL BUS'를 타고 국립 모스크로 향했다. 말레이시아의 국립 모스크답게 엄청난 크기를 자랑한다. 하얀색 건물과 지붕은 쪽빛 유리로 덮였는데, 순백의 순결함과 푸른 빛의 청렴함이 느껴졌다.

"아빠, 우리도 천으로 치마를 만들어서 입고 들어가야 해요?"

"응, 여기는 들어갈 때 맨다리를 보이면 안 된다고 해. 엄마는 머리카락도 가려야 해."

아이들은 아내가 히잡으로 머리를 가리는 모습이 신기한가 보다.

"우리 이제 여기 들어가면 교회 말고 여기 믿어야 해요?"

둘째는 무슬림 복장을 하니 이슬람교로 개종까지 걱정한다.

"아니야. 모스크에 들어가려면 이렇게 입는 게 예절이래. 우리도 이곳의 예절을 따르고 문화를 느껴보는 것도 좋은 경험일 거야."

아쉽게도 모스크는 공사 중이라 메인 홀 입구까지만 들어갈 수 있었다. 예배 시간이 아니라 예배를 드리는 모습은 볼 수 없었지만, 곳곳에 메카를 향해 기도하는 사람들을 볼 수 있었다.

우리 가족은 넓은 회당 한구석에 자리를 잡고 앉았다. 모스크의 차가운 대리석 바닥이 더위를 식혀 주었고, 주변에서 불어오는 바람이 평온했다. 두 딸은 넓은 대리석 바닥이 놀이터라고 생각했는지 이리 뛰고 저리 뛰려고 한다.

"여기도 교회처럼 예배를 드리는 곳이야. 뛰면 될까?"

그제야 뛰지 않고 빠른 걸음으로 이리저리 돌아다닌다.

예전부터 나는 모스크가 좋았다. 물론 이슬람 사원을 좋아하는 거지, 이슬람교를 믿는다는 뜻은 아니다. 참고로 나는 3대째 기독교 집안이다. 십여 년 전 코타키나발루 여행에서 처음으로 모스크를 방문했을 때부터 마음에 들었는데, 따지고 보니 처음 간 모스크도 결국 말레이시아였다. 우리나라에서 쉽게 볼 수 없는 이국적인 풍경과 베일에 가려진 신비로움에 마음이 끌렸다. 여러 나라를 다니며 여러 모스크에 익숙해지고 나니 모스크는 나만의 휴식 공간이 되었다. 동남아시아의 더운 날씨는 쉽게 지치게 한다. 여러 곳을 돌아다니고 싶지만, 무더위는 여행자의 의욕을 꺾는다. 오전에 열심히 돌아다니다가 점심을 먹고 난 후 오후에 움직이려고 하면 뜨거운 태양과 바닥에서 올라오는 열기가 오후 일정을 포기하게 한다. 그럴 때는 모스크로 향한다. 그곳은 누구에게나 열려 있어

마지드 자멬 모스크(MasJid Jamek Mosque)

눈치를 볼 필요가 없다. 본당에 들어가기 전 수돗가에서 손과 발을 씻어 몸의 열기를 식힌다. 원래는 본당에 들어가기 전 손과 발을 씻어 몸과 마음을 정결하게 하라는 취지라고 한다. 신발을 벗고 맨발로 본당에 들어가면 대리석 바닥의 시원함이 더위를 식혀 준다. 대리석 기둥에 몸을 기대 잠시 눈을 붙이기도 하고 책을 읽거나 그림을 그린다. 예배 시간이 되면 기도하는 사람들의 모습들을 바라본다.

이슬람 국가에서 모스크는 주변에서 쉽게 볼 수 있다. 외부인에 대한 문턱이 낮아 누구나 편하게 드나들 수 있다. 종교와 생활이 일체화된 이슬람교도들에게 모스크는 일상이자 삶이었다. 권위적이고 다가가기 힘든 종교 시설이 아니다. 회랑에 앉아 사색하니 예배 시간 이외에 다가가기에 힘든 우리나라의 종교 시설이 생각났다. 과연 우리나라의 종교 시설은 일상과 얼마나 연결되어 있을까?

우리 가족은 바람길 여행을 떠났다

두 딸이 처음 타 본 모노레일

쿠알라룸푸르에는 동남아시아의 대표적 대도시답게 다양한 교통 수단이 존재한다. 우리가 머물던 숙소 앞 KL SENTRAL 역은 교통의 요충이다. 지하철, 버스, 모노레일 등 여러 교통 수단이 지나다녀 어떤 것을 타고 갈지 고르는 맛이 있다.

KL 모노레일

3. 쿠알라룸푸르(Kuala Lumpur)

"오늘은 버스 탈까?"

"아니요. 모노레일 타요."

"오늘도?"

"네~, 모노레일 타면 재미있어요."

아이들은 모노레일을 좋아했다. 모노레일은 우리나라에서는 흔치 않아 타볼 기회가 없기에 신기해하는 것 같다.

"모노레일이 재미있어?"

"네. 엄청 재미있어요."

"흐음…. 뭐가 재미있어?"

"하늘 기차 같아요."

"맨 앞까지 갈 수 있고, 맨 앞 유리창에서 바깥도 구경할 수도 있어요."

둘째는 모노레일이 하늘 기차라고 생각이 드나 보다. 첫째는 무인으로 운행하는 모노레일의 특성상 맨 앞에서 바깥을 바라볼 수 있는 게 신기하다고 한다. 맨 앞창 밖을 바라보며 기관사가 되는 상상을 했나 보다.

모노레일을 타면 높은 곳에서 바깥을 바라볼 수 있어서 마음이 뚫리는 기분이다. 레일과 레일이 부딪쳐 덜컹거리는 떨림이 좋았다. 꽉 막힌 교통 체증을 피해 달리는 모노레일을 타다 보면 약간의 우쭐거림도 생긴다.

지금도 아이들과 말레이시아 여행 이야기를 하다 보면 모노레일 이야기가 가끔 나온다. 모노레일을 타고 밖을 구경하였던 이야기를 나누기도 하고, 그때 보았던 건물이나 장소에 대해 서로 문제를 내고 맞히는 퀴즈도 한다.

모노레일 하나만으로도 아이들과 공유하는 추억이 많아졌다.

부킷 빈땅(Bukit Bintang)

 쇼핑은 부킷 빈땅(Bukit Bintang)에서

부모는 좋아하지만 아이는 싫어하는(혹은 지겨워하는) 곳은 어디일까?

정답은 쇼핑몰이다. 지름신이 강림한 부모들은 돌아다니며 매의 눈으로 쇼핑에 열중하는 반면, 아이들은 반쯤 풀린 눈과 걸음으로 '나 더는 못해', '인제 그만.'이라고 시위한다. 여행 중 쇼핑도 하나의 큰 즐거움이기에 쇼핑몰에 가는 날은 실랑이가 펼쳐진다.

우리 가족은 바람길 여행을 떠났다

쿠알라룸푸르는 쇼핑하기 좋은 도시 중 하나이다. 쿠알라룸푸르에서 쇼핑의 시작과 끝은 부킷 빈땅(Bukit Bintang)이라고 해도 과언이 아니다. KL 모노레일 부킷 빈땅 역에서 내리면 여러 전광판에 보이는 광고와 쇼핑백을 손에 든 사람들도 가득하다. 저렴한 로컬 브랜드부터 명품까지 다양한 가격대의 쇼핑몰이 즐비해 있다. 우리나라도 따지면 동대문 시장과 명동, 강남을 한 곳에 모아놓은 곳 같다.

저렴한 가격대의 SPA 브랜드가 많아서 부담 없이 옷을 살 수 있다. 발품을 열심히 팔면 질 좋은 티셔츠나 바지를 몇 천 원에 살 수도 있다. 3,000원에 산 티셔츠를 5년이 지난 지금도 입고 있다. 저렴한 가격과 질 좋은 의류 매장이 많아 말레이시아에서 장기 여행을 할 경우 여벌 옷을 조금만 챙겨 짐을 줄이고 이곳에서 옷을 사 입고 다녀도 괜찮을 것 같다.

"아빠, 이제 어디 갈 거예요?"

"엄마, 심심해요. 다리 아파요."

쇼핑한 지 2시간도 안 됐는데 아이들은 지치는가 보다. 아이들과 함께 쇼핑몰에 올 때는 치밀한 전략이 필요하다. 적절한 휴식과 간식을 적재적소에 제공하는 것이 핵심이다.

"그래? 오늘은 여기서 좀 더 있어야 하는데, 우리 '헬로 미피'

앞에서 사진 찍을까?"

"헬로 미피요? 우와~ 어디 있어요?"

둘째의 눈이 동그래졌다. 쇼핑몰 메인 홀에 있는 '헬로 미피' 앞에서 이리저리 포즈를 취하는 둘째와 첫째를 열심히 찍어준다.

"그러면, 여기를 좀 돌아보자. 너희들 입을 만한 옷도 좀 찾아보고."

돌아다닌 지 1시간도 지나지 않았는데,

"아…, 다리 아파. 힘들어…."

역시 미피 사진만으로는 어렵다. 그렇다면 두 번째 작전,

"아빠도 다리 아프네. 우리 맥도날드 가서 해피밀 먹을까?"

"네! 해피밀에 피카츄도 주는 거죠?"

"그럼~, 이번 달에는 포켓몬스터 장난감이니까 여기도 줄 거야."

11월에는 해피밀에 포켓몬스터 인형을 주는 이벤트를 해서 두 딸은 포켓몬 인형 모으기에 빠져 있다. 근처 맥도날드에 들려 해피밀을 시켰다. 아이들은 각자 뽑은 포켓몬 인형이 자기 것이 더 좋다고 자랑이다.

"얘들아, 햄버거 먹고 한두 곳만 더 다니자. 할 수 있지?"

"네~."

이미 햄버거와 포켓몬을 손에 든 아이들은 한두 군데를 돌아다닌다는 게 중요하지 않았다. 나는 한두 시간이라고 하지 않았고 쇼

우리 가족은 바람길 여행을 떠났다

핑몰 한두 군데를 말한 거고 아이들은 분명히 "네."라고 했다. 난 명분을 만들었다는 뿌듯함에 쇼핑을 다시 시작했다. 말레이시아에는 'COTTON ON'과 'BRAND OUTLET', 'F.O.S' SPA 브랜드가 유명한데, 우리나라 SPA 브랜드의 절반 가격에 품질이 매우 좋았다. 지름신이 강림한 아내와 나는 티셔츠, 바지, 신발 등을 입고 신어보고 사느라 정신이 없었다. 이제 아이들의 옷을 좀 사보려고 하는 순간

"집에 가요. TV 보고 싶어요."

"졸려요. 눕고 싶어요."

두 딸의 세 번째 위기가 왔다. 집으로 가면 좋지만, 여행 중에 입을 아이들 옷도 필요하고 가격이 저렴하다 보니 한국에서 입을 옷, 신발을 미리 사두면 좋을 것 같았다. 오늘 아니면 다시는 부킷 빈땅에 올 일이 없으니 마지막 카드를 꺼냈다.

"얘들아, 힘들지? 다리 아픈 거 아빠도 알지. 그런데 너희 옷을 좀 사야 해. 한 번만 더 힘낼 수 있지?"

"아…. 힘들어요. 피곤해요."

"그 대신 옷 사고 'YUBISO(다이소 같은 저렴한 숍)'에서 너희들 사고 싶은 거 하나씩 사 줄게."

"정말요? 알았어요!"

"그 대신 3,000원 이하로 사야 해!"

"네~."

이 방법은 급할 때 쓰는 방법이라 자주 쓰면 버릇이 나빠진다. 정말 필요할 때 가끔 써야 한다. 두 딸과 합의하고 아이들 옷을 샀다. 우리나라에서는 아이들 옷이 어른 옷보다 비싼데, 말레이시아는 아이들 옷이 저렴하다. 매년 아이 옷을 사는 게 부담이 되었는데 내년까지 입을 옷을 넉넉하게 샀더니 합리적인 소비를 한 것 같은 자부심이 들었다. 어느덧 해가 지고 매장과 식당에는 불이 밝혀졌다. 밤인데도 쇼핑의 메카답게 화려한 조명으로 환하다.

"여보, 저기가 식당가인가 봐요. 식당도 크고 많네요."

부킷 빈땅은 먹거리의 천국이다. 바쿠테(중국식 돼지고기 탕), 치킨 라이스, 나시 르막(코코넛으로 지은 밥에 고기, 멸치 등을 소스에 넣어 먹는 말레이 음식) 등 다양한 맛집도 많고 잘란 알로(Jaln Alor)의 노점상에는 사테(꼬치구이)에 맥주 한 잔으로 목을 축이는 사람들로 가득했다. 우리는 저녁까지 먹을 힘이 없기에 저녁은 숙소에서 라면과 햇반에 참치캔으로 해결하기로 했다.

쿠알라룸푸르에서 하루만 쇼핑한다면 부킷 빈땅을 추천한다. 쇼핑, 먹거리, 즐길 거리가 한 곳에 있으니 시간과 지갑을 절약할 수 있다. 아! 환율도 부킷 빈땅 쇼핑몰 환전소가 제일 좋았다. 여러 환전소의 환율을 잘 비교하고 환전하기를 추천한다.

우리 가족은 바람길 여행을 떠났다

KL 모노레일에서 큰딸과 나

 큰딸과 나

"아빠~, 오늘은 일찍 오세요?"

"학교에서 일하고 밤에 갈 것 같아."

"아빠~, 우리 놀이터에서 놀아요."

"오늘 아빠가 학교에서 바빴어. 다음에 놀자."

"아빠는 맨날 다음이래!"

큰아이가 초등학교에 입학할 즈음 나도 학교 일과 외부 활동으로 정신없이 살았다. 부장 교사를 맡으면서 많은 잡무에 시달렸고, 거절하지 못하는 성격이라 상급 기관에서 업무 지원을 요청하면 최선을 다했다. 속내를 털어놓지 않는 큰아이도 초등학교 입학해서 적응하느라 속앓이도 하고 힘들었을 것이다.

퇴근하고 집에 돌아오면 녹초가 되어 있었다. 학교에서의 해결되지 않은 업무가 머릿속에 맴돌아 집까지 쫓아왔다. 몸과 마음이 편치 않은 상태에서 해인이는 학교에서 있었던 이야기를 해도 들어오지 않았다. 놀아달라고 계속 조르지만 지칠 때로 지쳐 "아빠가 힘들어서 조금 쉴게."라고 피하기 일쑤였다. 아이가 계속 보채면 화를 냈다. 그러다 보니 어느새 아이는 나와 놀자고 하지도 않았다. 인사 말고는 크게 대화하는 일도 드물기 시작했다.

학교에서 학생과 업무에 치이다 보면 집에서는 아무것도 하고 싶지 않게 되었다. 직장과 가정이 분리되어야 하는데 그러지 못했다. 직장에 에너지를 쏟고 나면 정작 가족들은 등한시되었다. 딸들에게 미안했다. 특히 큰딸에게 미안했다. 초등학교 입학 후 큰딸과 함께한 기억이 거의 없었다. 아마 이때부터 큰딸과 손을 잡지 않았던 것 같다.

이번 한 달간 여행을 하는 동안 큰딸과 많은 이야기를 할 수 있었다. 학교 이야기, 좋아하는 책 이야기, 놀이 이야기 등 부녀가 수다쟁이가 되었다. 보드게임이나 물놀이도 하고 끝말잇기도 하면서 놀이도 참 많이 했다. 온종일 같이 있다 보니 자연스레 서로 할 말이 많아지고 놀기도 많이 놀았다.

여행을 떠난 지 2주 정도 되었을 때 큰딸과 나 사이의 벽이 조금씩 사라지는 것이 느껴졌다. 걸을 때도 큰딸과 손을 잡게 되었다. 24시간 내내 함께하는 이 순간이 너무 행복하고 소중했다.

여행하면 할수록 큰딸은 배낭 여행에 푹 빠진 것 같다. 아내와 여행 프로그램을 보며 이야기를 나누면 자기도 거기 가고 싶단다. 도서관에 가면 어린이 세계 여행 관련 책을 한동안 섭렵하더니 이제는 일반 자료실의 여행 관련 책들을 빌려 본다.

"큰딸! 배낭 여행 좋아?"

"네~, 좋아요."

"왜 좋아?"

"그냥….."

여전히 자기 표현이 서툰 큰딸이다. 해인이가 여행이 좋다고 말한 건 이것저것 체험하고 노는 것도 좋지만, 우리 가족이 함께하는 것이 1순위라 생각한다.

공부가 목적이었는데 놀이가 우선이 되어버렸다
(Petrosains The Discovery Centre)

부모라면 자식들에게 무언가 하나 더 알려주고 경험시켜 주려고 한다. 주말이 되면 아이의 손을 잡고 박물관, 미술관, 과학관 등을 데리고 다닌다. 아이는 시큰둥이지만 부모는 '갔다 오면 무엇이라도 배우고 느끼겠지.'라는 희망 고문으로 열심이다. 나중에 아이에게 물어보면 "잘 모르겠어요."라든지 "○○ 체험이 재미있었어요."라고만 대답할 뿐 "○○을 배웠어요." "나중에 커서 과학자가 될래요." 등 부모가 기대하는 말은 듣기 힘들다. 나도 어릴 때를 생각해 보면 박물관에서 주는 기념품이 좋았고, 과학관에서는 체험관이 좋았지 깊이 있는 역사나 과학적 지식을 얻었던 건 거의 없었다.

그래도 '우리 아이는 다를 거야!, 새로운 경험은 분명히 아이에게 큰 자산이 될 거야!'라는 희망을 안고 '페트로사인스 더 디스커버리 센터(Petrosains The Discovery Centre)'로 향했다.

'페트로사인스 더 디스커버리 센터'는 말레이시아의 랜드마크인 쌍둥이 빌딩 '페트로나스 트윈 타워(Petronas Twin Towers)' 안에 있다. 페트로나스(Petronas)는 말레이시아 국영 에너지 회사인데, 산유국인 말레이시아의 석유 생산을 책임지고 있다. 페트로사인스는 페트로나스에서 운영하는 과학관인데, 우리나라로 치자면 과천 과학관이다. 입장료는 어른 28링깃(약 8,000원), 아이 16.5링깃(약 5,000원)으로 저렴한 편이다. 입장료에 비해 과학관의 전시물과 시설은 수준급이고 초등학생 수준에 맞춰져 있다.

입구에 들어서면 우선 동그란 우주선을 탄다. 웅장한 소리가 들

페트로사인스 더 디스커버리 센터 원유 시추 시설

리는 어두운 터널을 통과하는 것 같다.

"아빠, 어둡고 무서워요."

아이를 달래려고 하는 순간 이미 도착했다. 우주선이 긴 터널이 아니라 짧은 길을 지났을 뿐이다. '일부러 놀리는 건가?'라는 생각도 했지만 일단 돌아다니기로 했다. 들어가 보니 이것저것 체험할 것들이 많이 있었다. 형식과 방법은 우리나라와 흡사해서 색다르다는 느낌은 들지 않았다.

"저는 우주 체험하러 가요."

첫째는 우주인 체험을 하러 갔다. 우주에 올라가는 체험, 우주에서 잠자는 체험에 나름 재미를 느끼나 보다. "우와~!", "꺅~!" 소리를 지르면서도 열심이다.

"아빠, 나랑 같이 가요."

둘째는 혼자 다니기가 무서운가 보다. 일단 사람이 적은 곳으로 가서 빛과 열을 느껴보기도 하고 중력에 따른 무게의 느낌을 경험해보기도 했다. 아이들은 열심히 체험하려 하고 있지만 영어로 설명이 적혀 있어 혼자서는 못할 줄 알았다. 하지만 이리저리 만져보고 눌러보더니 금세 방법을 찾아내 알아서 잘 논다.

내가 생각한 이곳의 백미는 페트로나스 석유 시추 시설을 그대로 옮긴 전시관이었다. 석유 시추 시설을 그대로 옮겨 놓은 시설

안에서 시추하는 과정을 눈으로 직접 보고 체험해 볼 수 있었다. 아이들은 복장까지 제대로 갖추고 굴삭기를 사용하고 전문 장비로 시추한다. 나도 해 보고 싶었지만 보호자는 안 된단다. 전반적인 석유 생산 과정을 눈으로 보고 직접 체험하니 쉽게 이해가 된다. 역시 백문이 불여일견이다.

우리 두 딸에게 석유 시추 경험을 해주려고 온 곳이었는데, 아이들은 레이싱에 푹 빠졌다. 페트로나스는 F1팀이 있는 레이싱으로도 유명한 기업이다. 이를 반영하듯 과학관에도 직접 레이싱 선수가 되어 시뮬레이션할 수 있는 섹션이 있다. 여기서 가장 인기 있는 시설임을 반영하듯이 많은 아이들이 줄을 서서 차례를 기다린다. 우리 두 딸도 운전하면서 "저리 비켜!", "어쭈~ 나보다 먼저 가! 뒤졌어~."라며 열을 올린다. 운전대 잡으면 사람이 바뀐다고 하는데…. 우리 애들도 커서 운전할 텐데, 예절과 에티켓부터 알려 줘야겠다.

그러지 말았어야 했는데 페트로사인스에서 나도 모르게 교육열을 올리고 말았다. 과학관에서 즐겁게 놀고 있는 큰딸에게 과학 지식을 가르쳤고, 아이가 체험한 활동에서 무엇을 깨달았는지 물어보았으며, 석유가 우리의 삶에 필요한 이유를 설명하고 있었다.

당연히! 아이들에게는 페트로사인스가 놀이터에서 교실이 되어

버렸고

　"아빠, 재미없어!"

　"아～ 네～ 네～"

라고 이제 집에 가자고 한다.

　교사의 직업병은 어쩔 수 없나 보다.

원숭이 미워! 바투 동굴(Batu Cave)

쿠알라룸푸르에서 15km 떨어진 외곽 지역에는 대표적 힌두교 성지인 바투 동굴이 있다. 예전에는 바투 동굴까지 버스를 타고 갔지만 지금은 메트로 2호선을 타면 갈 수 있다.

"아빠, 저기 창을 들고 있는 동상이 있어요. 엄청 크다."

바투 동굴에 도착하면 창을 들고 있는 거대한 황금상이 보인다. 무려 높이가 42.7m이다. 황금상의 주인은 '무루간'이다. 무루간은 힌두교에서 전쟁과 승리의 신으로 추앙받는 신으로 시바신의 둘째 아들이다.

"여기는 무루간 신을 모시고 있는 바투 동굴이래, 힌두교 사원이야."

라고 말하니

"힌두교 사원이 뭐였죠?"

둘째가 물어본다. 첫째가

"야~, 페낭에서 봤잖아 그… 엄청 많은 사람이랑 동물이랑 괴물이랑…."

"아! 거기 무서운데…."

그래도 여행을 허투로 다니지는 않았나 보다. 첫째든 둘째든 자기 방식으로 힌두교 사원을 기억하고 있었다.

"응 맞아, 페낭에서 '스리 마하맘리암만 사원' 봤지? 거기랑 비슷한 곳이야."

아이들은 기억했다는 것에 대해 내심 뿌듯한가 보다.

바투 동굴(Batu Cave)

우리 가족은 바람길 여행을 떠났다

바투 동굴에 얽힌 무루간의 이야기는 이렇다. 무르간의 어머니가 두 아들에게 '세상에서 가장 귀한 것을 찾아오라.'는 숙제를 주었다고 한다. 무르간은 세상 밖에서 가장 귀한 것을 찾으러 여정을 떠났으나 첫째아들은 빈둥빈둥 놀기만 했다. 어머니는 첫째아들에게 "너는 왜 떠나지 않고 빈둥거리느냐?"라고 물었더니, 첫째아들이 "저는 어머니가 세상에서 가장 귀합니다."라고 답했다. 감동한 어머니는 첫째에게 자신이 가진 모든 것을 넘겨주었다. 세상 밖에서의 여정을 마친 무루간은 이미 첫째아들에게 권력과 재물이 다 넘어간 것을 알게 되었다. 어머니에 대한 충격과 배신에 쌓인 무루간은 바투 동굴에 칩거하게 되었다.

바투 동굴은 평일임에도 불구하고 관광객과 힌두교도들로 가득 찼다. 비둘기도 어찌나 많은지 비둘기 반 사람 반이었다. 1~2월에 열리는 '타이푸삼' 축제 때는 전국 각지에서 온 힌두교 신도로 발 디딜 틈이 없다고 한다. '타이푸삼'은 무르간 신에게 참회와 속죄를 하는 축제 기간으로 바늘과 갈고리로 자기 몸을 찔러 고행을 통해 속죄한다고 한다.

"계단이 엄청 많아요."

"계단이 모두 272개라네. 여보 올라갈 수 있겠어요?"

"올라가야죠! 나중에 히말라야도 가야 하는데…."

바투 동굴에 들어가기 위해서는 272개의 계단을 올라야 한다. 272개의 계단은 인간이 지을 수 있는 죄의 개수라고 한다. 계단은 과거, 현재, 미래의 3부분으로 나누어져 자신이 과거, 현재, 미래 중 죄를 많이 지은 때를 찾아 오르면 그 죄가 없어진다고 한다. 우리는 높고 가파른 계단을 보며 서로 파이팅을 외치고 올라가기 시작했다. 뜨거운 햇살을 받으며 계단을 오르다가 중간에 멈추었다. 잠깐 숨을 돌리려는데,

"꺄악~!"하는 첫째의 비명소리가 들렸다. 어디 넘어지거나 다친 게 아닌가 하고 깜짝 놀라 아이를 쳐다봤더니

"아빠, 원숭이가 내 물통 뺏어 갔어."하고 첫째가 울먹인다.

계단 주변에는 원숭이들이 많았는데, 이놈들은 안경, 물통, 핸드폰 등 사람의 물건을 뺏거나 공격하는 나쁜 녀석들이었다. 둘째도 놀랐는지 내 손을 꼭 잡는다. 나는 한 손은 안경을, 다른 손은 둘째의 손을 잡고 긴장하며 계단을 올랐다.

정상에 오르자 시원한 바람이 땀을 식혀 주었고 동굴 안은 운동장 넓이만큼 컸다. 이곳은 4억 년이 넘은 석회암 동굴이라고 하니 웅장함과 자연의 신비를 느끼기에는 충분했다. 동굴 안에는 형형색색의 힌두교 사원에서 풍기는 강한 향의 내음이 가득했다.

운이 좋아 사원에서 드리는 예배를 보게 되었다. 한 쪽에는 힌

두교식 타악기와 피리 소리가 동굴 안을 가득 채웠는데, 우리나라 굿과 비슷했다. 무섭게 분장한 사제가 힌두교 신의 동상에 물을 부으며 의식을 하고 있으며 그 옆에는 대가족이 기도하고 있었다. 힌두교식 제사를 지내는 모습이었다. 그 옆에서는 콩고물이라도 떨어질까 하는 비둘기와 원숭이 떼들이 항시 대기 중이었다. 나도 힌두교 의식은 처음 봐서 신기하면서도 두려움을 느꼈다.

"얘들아, 저기 봐. 사원에서 예배를 드리는 것 같아."

"저게 예배에요? 다들 화를 내는 것 같아요."

"무슨 무당이 굿을 하는 것 같아요."

힌두교의 의식을 첫째는 무당의 굿, 둘째는 사람들의 싸움으로 보였나 보다. 우리가 교회에서 드리는 예배와는 확연히 다르다. 무언가 화려하면서도 부산스러운 것 같은데 정제된 느낌, 그게 힌두교만의 특징인 것 같다.

"여보, 이제 내려가요."

아내의 말에

"아빠, 원숭이…."

라며 두 딸이 겁을 낸다. 원숭이를 피해 272개의 계단을 다시 내려가야 한다. 마음 단단히 먹고 내려가자. 원숭이가 우리 딸 건들면 아주 혼쭐을 내줄 거야!

사랑하는 이와 함께하기에 여행이 가치 있다

윌라야 모스크를 보고 나서 시장을 찾아가려고 했는데 길을 잃어 헤매고 있었다. 때마침 구글맵이 현재 위치를 잡지 못해 자신의 감을 믿고 길을 걸어가고 있었다. 11월 중순이 넘어도 쿠알라룸푸르의 한낮은 뜨거운 태양과 무더위로 사람을 지치게 한다.

"아빠, 목말라요."

첫째가 말한다.

"아빠, 배고파요."

둘째가 말한다.

"여보, 길 잘 찾아가는 거 맞지?"

아내도 말한다.

세 여자의 각기 다른 요구를 맞추기 위해 정신없이 길을 찾았다. 이럴 땐 매번 마음대로 되지 않고 어리바리해져 더 꼬이게 되는 것 같다.

"아빠! 신호등!"

첫째의 말에 신호등을 보니 초록색 불이 반짝인다. 급한 마음에 첫째 손을 잡고 횡단 보도를 건넜다. 숨을 돌리고 돌아보니 둘째와 아내는 횡단 보도를 건너지 못하고 서서 자기들을 떼놓고 갔다는

우리 가족은 바람길 여행을 떠났다

듯이 삐져 있었다. 횡단 보도 사이로 큰딸과 나, 아내와 작은딸이
이산가족처럼 서로를 바라보고 있었다.

횡단 보도 앞 아내와 작은 딸

3. 쿠알라룸푸르(Kuala Lumpur)

아내와 연애하던 시절이 생각났다. 장거리 연애라 일주일에 한 번밖에 보지 못해 주말만 다가오기를 손꼽아 기다렸다. 아내를 만나면 시간은 몇 배나 빨리 흘러가고 헤어질 때는 어찌나 애절했는지 모른다. 장거리 연애가 싫어 결혼을 일찍 한 것 같다.

첫째를 임신한 아내가 임신 테스트기를 보여주었을 때 너무 행복해 아내를 꼭 안아주었었다. 예민한 기질을 갖고 태어난 첫째를 키울 때 엄마·아빠도 초보라 큰아이의 마음을 헤아리지 못했다. 새벽에 깨면 3~4시간을 울던 아이를 안고 달래며 같이 울었던 때도 있었다. 세 살 터울인 둘째는 엄마·아빠 마음을 먼저 헤아리는 아이라 해령이와 유치원 등 하굣길에 노래를 부르며 서로 속 이야기를 나누던 그 길이 좋았다.

이런저런 추억이 주마등처럼 흘러가면서 횡단 보도 건너편에 서 있는 아내와 둘째를 바라보았다. 문득 두 여인이 서 있는 그 공간이 아름답게 느껴졌다. 아내와 아이가 나를 바라보면서 신호가 바뀌기를 기다리는 그순간이 애절했다. 신호등 신호가 바뀌고 나에게 걸어오는 아내와 뛰어오는 작은 딸을 보며 입가에 미소가 맴돌았다.

정확히 설명하지 못하지만, 그순간이 행복하고 사랑스러웠다. 아내는 왜 실실거리냐고 했지만 "그냥!"이라며 얼버무렸다. 두 사람이 너무 사랑스럽게 보였다고 하면 분명히 첫째는 질투할 것이다. 특별하지도 않은 횡단 보도인데 왜 그런 감정이 들었을까? 여행은 결국 사랑하는 이와 함께하기 때문일 것이다. 사랑하는 가족과 여행하는 동안 시간과 공간이 빛이 나고 가족이 나의 존재와 사는 이유임을 다시 한번 깨닫게 해 준다.

표현을 잘하지 못하지만

아내, 두 딸….

나는 이 세 여인을

사랑한다.

3. 쿠알라룸푸르(Kuala Lumpur)

나는 쿠알라룸푸르의 서구식 옛 건축물이 좋다

"오늘은 아빠가 좋아하는 곳을 찾아갈 거야!"

아이들이 눈을 비비며 일어나기 전에 선수를 쳤다.

"어디 가는데요?"

눈을 비비며 둘째는 물어본다.

"아빠, 또 옛날 건물 보러 갈 거죠? 그럼 그리러 갈 거죠?"

눈치 빠른 첫째는 내 생각을 꿰뚫고 있었다.

"응! 맞아!"

"힝! 재미없는데….."

역시 예상했던 대답이다.

"그래도 아빠가 쿠알라룸푸르에서 가고 싶은 곳을 처음으로 말
했잖아. 여행 동안 계속 너희들 하고 싶은 거 해주고 맛난 것도 사
주고…. 아빠는 먹고 싶은 것도 참고 가고 싶은 것도 참고…. 그리
고 아빠는….."

"아~! 알았어요. 오늘은 아빠가 가고 싶은 대로 가요."

앗싸! 오늘은 내가 하고 싶은 일정대로 간다. 혼자 콧노래를 부
르는데 순간 아이들로부터 "옛다! 오늘은 너하고 싶은 거 해라~!"
는 식으로 허락받은 듯한 이 찜찜함은 뭘까?

말레이시아는 18세기 후반부터 영국에 의해 점점 식민지화되었다. 말레이시아 곳곳을 여행하다 보면 영국식 건축물들을 쉽게 볼 수 있다. 쿠알라룸푸르에서도 서구식 옛 건축물이 잘 보존되어 있고 실제로 사용되고 있다. 이곳의 서구식 건축물을 들여다 보면 외관은 유럽식이지만 기둥이나 창문은 힌두나 이슬람식으로 유럽과 힌두, 이슬람식 건축 양식이 섞인 독특한 모습을 보여 준다('인도-사라센' 양식이라고 한다). 천천히 걸어 다니며 옛 건축물들을 음미하였다.

국립 박물관(Muzium Negara)을 지나 국립 모스크(Masjid Negara)로 걷다 보면 하얀 건물이 보인다. 하얀 외벽에 햇빛에 반사되어 눈이 부실 정도로 순백의 청순한 모습을 간직한 이 건물은 '마제스틱 호텔(The Majestic Hotel Kuala Lumpur)'이다. 입구에는 하얀색 제복을 입은 경비가 하얀색 건물과 조화를 이룬다. 1932년에 지어진 이 호텔은 흑백 영화 속 유럽의 한 장면 같다. 왠지 순백의 웨딩드레스와 턱시도를 입은 신부와 신랑이 하얗게 빛이 나는 이 공간에서 포옹하는 그런 장면을 상상해 본다.

"여긴 잔디밭이 엄청 넓다. 서울시청 광장 같은데 더 커 보여."
"우와~, 여기서 축구 경기를 해도 될 것 같아요!"
넓게 펼쳐진 잔디 주변으로 옛 건축물들이 들어선 이곳은 '메

마제스틱 호텔(The Majestic Hotel Kuala Lumpur)

르데카 광장(Merdeka Square)'이다. 메르데카 광장의 메르데카(Merdeka)
는 독립이라는 뜻으로 1957년 8월 31일 말레이시아 국기가 계양
된 뜻깊은 장소다. 또한 콜로니얼 건축물(식민지 시절)이 잘 보존된 장
소이다. 쿠알라룸푸르 시티 갤러리, 음악박물관, 국립 섬유박물관,
세인트 메리 대성당 등 한 공간에서 여러 옛 건물을 감상할 수 있
는 것은 이곳만의 매력이다. 메르데카 광장을 걷다 지치면 음악 박
물관이나 국립 섬유박물관에 들러 전시품을 관람하면서 더위를 식
히는 것도 좋다. 메르데카 광장은 밤이 되면 분위기가 달라진다.

우리 가족은 바람길 여행을 떠났다

우아한 조명들이 건축물을 비추어 아름다운 야경을 연출한다. 조명에 비친 술탄 압둘 사마드 빌딩이 압권이다. 우리 가족은 쿠알라룸푸르 시티 갤러리 옆 'I LOVE KL'에서 기념 사진을 찍었다.

말레이시아 관광센터(MATIC)는 1935년에 지어진 건물로 콜로니얼 양식을 감상할 수 있었다. 무엇보다도 이곳에서는 '말레이시아 전통 무용 공연'을 볼 수 있다. 심지어 무료다. 다양한 말레이시아 민족이 자기 민족의 전통 의상을 입고 추는 전통춤은 높은 수준을 보인다. 공연이 끝난 후 우리 가족과 전통 무용팀이 함께 사진도 찍었다. 그뿐만 아니라 경찰서, 카페, 기념품점 등 여행자를 위한 편의 시설이 잘 갖추어 있어 여행자들에게 도움을 주었다.

2017.11.25.
The Art Gallery in KL
음악박물관

세인트 메리 대성당

말레이시아 관광센터

우리 가족은 바람길 여행을 떠났다

말레이시아 관광센터를 지나 건너 편에 눈에 확 들어오는 건물이 보였다. 하얀색 외관이 깔끔한 인상에 주황색 지붕의 금빛이 포인트다. '파키스탄 대사관(High Commission of Pakistan)'이었다.

국립 박물관에서부터 마르데카 광장까지 걸으면서 근대 건물에 취했다. 여러 건물을 감상하고 사진을 찍고 스케치하면서 즐겁고 기분 좋은 시간이었다.

돌아오는 길에 아이들에게 물어봤다.

"정말 대단하지 않아? 멋있고 웅장했어. 그렇지?"

돌아오는 대답은

"내일은 안 올 거죠?"

파키스탄 대사관

3. 쿠알라룸푸르(Kuala Lumpur)

없는 게 없는 차이나타운(Chinatown)

"얘들아, 덥지? 힘들지?"

"언제 도착해요?"

첫째는 연거푸 물을 마시고, 둘째는 자리에 주저앉는다.

"분명 여기라고 했는데?"

"여기가 도대체 몇 번째예요?"

아이들의 원성이 자자하다. 이상하게 길을 못 찾는 날이 있는데 하필 오늘이다. 우선 더위를 피하려면 근처 쇼핑몰이 최고다.

"얘들아, 일단 저기 들어가자!"

근처에 보이는 3층짜리 잡화점에 들어갔다. 시원한 에어컨에 우리 가족은 한숨을 돌린다. 정신을 차리고 잡화점을 살펴보니 주방용품, 전자 제품부터 옷, 신발, 학용품까지 없는 게 없다. 무작정 앉아 있을 수는 없으니, 마치 이곳에서 쇼핑하는 사람처럼 돌아다니기로 했다. 아이들이 지루하고 힘들어할 때는 무조건 장난감, 학용품 코너다. 아이들도 신이 났는지 이것저것 만져보고 살펴본다.

"오늘은 눈으로만 보는 거야."

아내의 한마디에 아이들도 체념한 듯 나를 쳐다본다.

"아빠는 힘이 없잖아."

우리 가족은 바람길 여행을 떠났다

차이나타운

3. 쿠알라룸푸르(Kuala Lumpur)

아내는 학용품을 살펴보더니

"우리나라보다 싸네. 좀 사야겠어."

라는 말과 함께 스케치북, 연필, 색연필 등 학용품을 한 무더기 산다. 아이들도 새 학용품을 갖게 되어서 기분이 좋은가 보다.

"스케치북은 여행하면서 그림 일기를 쓰든지 마음대로 써. 색연필이랑 다른 건 해인이는 집에 있는 학용품 다 쓴 후에 사용하고, 해령이는 초등학교 들어가면 쓸 거야."

문구점에서 항상 들었던 익숙한 아내의 멘트였다.

아이들과 함께 밖으로 나왔다. 건너편에 주렁주렁 매달린 붉은색 홍등과 함께 '잘란 프탈링(Jalan Petaling)'이라고 쓰여진 패루(牌樓)가 보였다. 아! 우리가 더위를 피한 곳이 차이나타운이였구나.

대부분의 나라에 차이나타운이 있지만, 쿠알라룸푸르는 특히 규모가 컸다. 중국계 말레이시아인들이 많이 거주하기 때문이다. 쿠알라룸푸르는 '흙탕물의 합류'라는 뜻으로 주석이 많이 생산되는 지역이다. 19세기 중국인들은 주석 광산에서 돈을 벌기 위해 이곳으로 이주하기 시작하였다. 가난을 벗어나고자 먼 타지까지 와서 주석을 채취하고 삶의 터전을 일군 중국인들의 노력이 현재 쿠알라룸푸르의 초석이 되었다. 그만큼 쿠알라룸푸르에서 여행 중 만난 중국계 말레이시아인들의 자부심은 대단했다.

"더우니까 일단 시원한 거부터 마시자!"

"네~, 저는 망고주스!"

"저는 딸기주스요."

버블티를 하나씩 입에 물었다. 차 문화가 발달한 중국답게 여기도 음료가 다양했다. 한낮의 무더위인데도 사람들이 많았다. 차이나타운의 중심인 '잘란 프탈링(Jalan Petaling)'은 먹거리, 볼거리, 살거리가 가득하다. 마치 광장 시장이나 남대문 시장 같았다. 시장에서는 무엇보다도 먹는 재미가 먼저다. 신 키 비프 누들(완자를 얹은 국수), 홍 키 클레이판 치킨 라이스(뚝배기에 지어주는 치킨 밥)으로 한 끼를 든든하게 채운다. 그다음 디저트로 과일꼬치나 허브티를 들고 본격적으로 구경한다.

"여기 싸요~ 싸~"

장사꾼들이 어색한 한국말로 호객한다. 무시하고 지나치면

"곤니찌와~! 니혼진 데스까?"

일본어로 호객을 다시 한다. 한국말, 그다음 일본말…. 동남아시아 쇼핑을 하면 대부분 이런 식으로 내게 다가온다. 아니면 바로 "니혼진 데스까?"라고 하는 경우도 있다.

주변 가게들을 구경하다 보면 무엇인가 홀린 듯이 지갑을 꺼낸다. 그리고 어느 순간에 내 양손은 쇼핑백을 들고 있다. 이곳은 흔

히 '짝퉁'이라고 하는 가짜 명품을 파는 곳도 많다. '나도 이번 기회에 명품 하나 장만?' 하고 흔들렸지만 옳지 않기에 지나친다.

이곳은 차이나타운인데 특이하게 중국식 사원과 힌두식 사원이 한 공간에 있다. '관디 사원(Guan Di Temple)'은 삼국지의 관우를 모신 사원이다. 소싯적 삼국지를 보고 남아의 꿈을 꿨던 나였기에 설레는 마음에 들어갔다. 사원에는 청룡언월도를 들고 내려다보는 관우 상이 늠름하다.

관디 사원(Guan Di Temple)

우리 가족은 바람길 여행을 떠났다

"우와~ 멋지다! 얘들아, 여기가 관우를 모신 사원이래!"

딸들은 관우가 무서웠는지 내 손을 잡고 밖으로 나가자고 한다. 아이들을 달래며 곳곳을 살펴보는데 커다란 항아리 앞에 향을 피우는 사람들(특히, 할아버지, 할머니들)이 보였다. 그러면서 종이를 자꾸 태우는데, 물어보니 가짜 돈을 태우면 가정에 부와 복이 넘친다고 한다. 가정의 복을 기리는 할머니와 할아버지의 모습이 우리와 닮아 있다.

'스리 마하 마리암만 사원(Sri Maha Mariamman Temple)'은 쿠알라룸푸르에서 제일 오래된 힌두교 사원이다. 1873년에 지어진 원색적이고 직설적으로 표현된 사원은 힌두식 사원의 정수를 보여 준다. 마리암만은 질병과 비, 보호의 여신으로 말레이시아 초기 이주 인도인들이 가장 숭배하는 신이다. 아마도 초기 이주 시 풍토병으로 고통받고 거친 토양에서 농사를 지으며 비를 바랐을 것이다. 거기에 말레이시아 원주민의 공격에 대비해야 하는 이주민의 고된 삶을 마리암만 신에게 기도하며 버텼을 것이다.

다른 나라에 비해 쿠알라룸푸르의 차이나타운은 좀 더 생동감 있고 역동적인 느낌이다. 말레이시아계 중국인, 인도인, 말레이인, 다양한 나라에서 온 사람들이 한데 어우러져 살면서 이질적이면서도 융화된 사람 냄새 때문이리라.

Kampung Kuantan Fireflies Park

 숭고하고 경이로웠던 반딧불이 투어

쿠알라룸푸르에서 북쪽으로 60km 정도 올라가면 캄퐁콴탄 반
딧불이 공원(Kampung Kuantan Fireflies Park)이 있다. 밤이 되면 이 공원
에서 반딧불이를 볼 수 있다. 아이들과 여행 준비를 하면서 쿠알라
룸푸르 여행 코스에 반딧불이를 넣었다. 1급수인 청정지역에 사는
반딧불이를 우리나라에서 보기 힘들기에(무주 반딧불이 축제에나 가야 볼 수
있다) 반딧불이를 한 번도 보지 못한 아이들에게 보여 주고 싶었다.

개별적으로 방문하자니 거리도 멀고 밤늦게 돌아오는 차편을 구하기가 힘들었다. 미리 알아보니 일일 투어로 많이들 다녀온다고 한다. 가격도 저렴하고 오후에 출발해서 자정에 가까이 도착하는 일정이었다. 무엇보다도 한국인 가이드가 한국인 여행자만 이끌고 다니는 투어라 마음이 편했다.

투어 당일 느지막이 일어나 아침을 먹고 오전에 밀린 빨래와 책을 보면서 하루를 시작했다. 오후에 출발하는 일정이니 여유롭게 느껴진 하루다. 오후쯤 버스가 우리를 픽업하러 왔다. 버스 안에는 한국 사람 여럿이 타고 있었는데, 엄마와 함께 온 딸, 친구들끼리의 여행 등 다양한 사연을 가진 사람들과 인사를 나누었다.

"어머, 가족 여행 오셨어요?"

"우와! 한 달 일정이요? 아이들도 어린데 대단하네요."

"랑카위에서부터 출발하신 거에요? 말레이시아 종주. 멋지다!"

"어머, 아기 이쁘네요. 몇 살?"

대부분 우리 가족을 보면 신기한 듯 말을 먼저 건넨다. 왠지 모험을 좋아하고 아이들을 사랑하는 멋진 아빠가 된 것 같은 뿌듯함을 느낀다.

반딧불이 투어는 반딧불이만 보는 게 아니라 쿠알라룸푸르 핵심 여행 코스를 하루 만에 볼 수 있다. '이슬람 예술 박물관 → 대형 마트 → 바투 동굴 → 스릭삭티 사원 → 몽키힐 → 저녁 식사 → 반딧불이 공원 → 메르데카 야경 → KLCC 트윈타워'까지 훑어 보는 일정이다. '과연 이게 가능할까?'라고 생각했는데 실제로 '가능하다!' 각 장소에 30분 이내로만 머무는 투어로 '빨리빨리'를 외치는 전형적인 '코리안 타임' 여행이다(정말 화장실 갈 시간도 없다). 일정 중 1/3 이상은 우리가 다녀온 곳이지만 반딧불이에 집중하기로 했다.

보통 현지 가이드 투어를 가면 영어로 설명하기에 귀를 쫑긋 세우고 집중해서 듣는다. 그래도 반 정도 이해할까 말까인데, 한국인 가이드가 우리말로 설명해 주니 이해하기도 쉬웠고, 이미 다녀온 곳도 '아! 이런 의미였구나!'하고 확인할 수 있었다. 초등학교 2학년인 첫째도 우리말로 설명을 들으니 이해가 잘 되나 보다. 가이드의 설명 하나하나에 집중해서 자기 것으로 만들려고 노력한다.

여러 군데를 돌아다닌 후 버스는 몽키힐(Monkey Hill)에 도착했다.

"여기는 원숭이들이 많이 있는 언덕이에요. 원숭이들이 귀엽답니다."

라는 가이드의 말에 바투 동굴의 나쁜 원숭이들이 생각났다.

"아빠, 나 안 내릴래요."

"원숭이 무서워요. 나빠!"

바투 동굴에서 원숭이라면 진저리가 난 우리에게 가이드가

"여기 원숭이들은 순하고 착해요. 바투 동굴이랑 다르니까 걱정하지 마세요."

라고 안심시켰다. 나도 무섭지만, 아빠이기에 아이들을 안심시키고 차에서 내렸다.

가이드 말대로 원숭이들은 순했다. 우리에게 달려들지도 않았고 꼬리를 흔들며 애교를 부렸다. 두 딸도 안심했는지 원숭이를 천천히 살핀다. 원숭이가 첫째에게 다가온다.

"여기 과자를 줘 보세요."

가이드가 두 딸에게 먹이를 준다. 쭈뼛쭈뼛한 두 딸에게 원숭이가 다가온다. 둘째가 용기 내서 과자를 든 손을 펼치니 어미가 살포시 들고 구석으로 가서 새끼와 나누어 먹는다.

"아빠, 원숭이 귀여워요!"

다행이다. 다른 여행지에서 원숭이를 만나면 좀 더 다가갈 수 있을 것 같다.

원숭이 공포를 극복한 우리는 저녁을 먹고 반딧불이를 만나러 캄퐁콴탄 반딧불이 공원(Kampung Kuantan Fireflies Park)에 도착했다. 나도 한 번도 본 적이 없기에 설렜다. 주변은 칠흑같이 어두웠고 고

요했다. 빛이나 소리에 예민한 반딧불이기에 최대한 자연 그대로 보전한다고 한다. 모기가 많아 몸 전체에 모기 퇴치제를 바르고 10명 정도 탈 수 있는 작은 배에 올랐다.

배는 천천히 물살을 가르기 시작했고 삐그덕 삐그덕 노젓는 사공의 뱃소리만 들린다. 주변은 깜깜하고 하늘에 밝은 별이 쏟아질 듯 가득하다. 대도시에서 볼 수 없는 깨끗함이었다. 자연의 숭고함이었다. 뱃사공은 노를 멈춘 뒤 손을 가리킨다. 작은 불빛들이 반짝반짝 빛나고 있었다. 마치 크리스마스트리에 비치는 전구 같지만 그 빛은 청아하고 맑은 구슬 같았다.

"얘들아, 저게 반딧불이래."

귓속말로 두 딸에게 알려주었다. 아이들은 대답은 하지 않은 채 반딧불이가 비추는 불빛에 취한 것 같았다. 처음 보는 평온한 광경이었고, 이 모든 게 경이롭게 느껴졌다. 위대한 자연 속에서 우리는 정말 작은 존재고, 남들과 경쟁하며 아등바등 살아왔던 내 삶이 하찮게 느껴졌다. 결국 우리 가족이 가장 소중한데….

우리는 반딧불이가 내는 빛을 멍하니 바라볼 뿐 숨소리조차 잊은 듯 그들의 작은 공연에 빠져들었다. 한 시간이 어떻게 갔는지도 모를 정도였다. 우리 가족이 모기에게 이곳저곳 물렸다는 것도 반딧불을 보고 나서 알았다.

배에서 내렸지만, 여전히 우리는 여름밤의 여운에 심취하고 있었다. 이런 추억을 우리 가족이 같이 공유할 수 있어서 자연에 감사했다. 무엇보다도 두 딸과 처음으로 반딧불을 본 사람이 아빠라는 게 좋았다. 아이들이 커서 또 반딧불을 보면 '아빠'를 기억하겠지.

TBS(Terminal Bersepadu Selatan) 버스 터미널

 TBS 버스 터미널(말라카로 가자!)

오늘은 말라카로 넘어가는 날이다. 버스로 2~3시간 걸린다고 하여 TBS(Terminal Bersepadu Selatan) 버스 터미널로 향하였다. TBS는 몇 해 전에 생긴 버스 터미널인데, 그전에는 차이나타운의 Padu Sentral이 주요 버스 터미널이었다고 한다. Padu Sentral은 규모가 작고 낡아 TBS를 새로 만들었다고 한다. TBS는 새 건물답게 우리나라보다 규모도 크고 깨끗했다. 버스 터미널이지만 공항에 가까운 인상이다.

우리 가족은 바람길 여행을 떠났다

말레이시아에서 가장 큰 버스 터미널답게 전국 방방곡곡으로 가는 노선과 버스들, 많은 사람으로 얽혀 있어 복잡했다. 이럴 때가 가장 위험하다. 아이를 놓칠 수도 있고, 가족 단위 여행자이기에 쉽게 소매치기의 표적이 된다. 한 손은 아이의 손을, 다른 손은 여권과 지갑이 들어 있는 가방을 꽉 잡고 매표소로 향하였다.

TBS는 우리나라 매표소와 티켓 구입 방법이 달랐다. 한국에서는 행선지를 말하고 금액만 지불하면 되지만, 말레이시아는 먼저 행선지로 향하는 버스 회사를 정해야 한다. 그다음 버스 회사 매표소를 가서 행선지를 말한 다음 표를 구입한다. 같은 목적지라도 버스 회사에 따라 요금이 다르기 때문에 신중하게 구입해야 한다(다른 회사라도 버스의 컨디션은 거의 같은데 왜 금액이 다른지 아직도 모르겠다). 이럴 때는 사람들이 많이 서 있는 곳을 선택한다. 그 줄의 뒤에 서서 차례를 기다린다. 매표소 위에는 버스 운행 정보가 담긴 전광판이 크게 걸려 있는데, 버스 터미널이라기보다 공항 카운터에 온 듯한 기분이 들게 한다. 자연스레 스케치북과 펜을 들고 급하게 스케치한다.

우리 가족은 티켓을 구입하고 해당 게이트로 갔다. 게이트 앞에서 짐을 올리고 X-레이 검사를 한다. 짐 검사와 여권 검사까지 통과되어야 대합실에 들어갈 수 있었다. 전광판도 그렇고 게이트도 그렇고 버스 터미널이 아니라 공항 같다. 버스가 들어 왔다. '뽑기를 잘했을까?' 희망을 걸며 버스를 탔는데, 선방했다. 버스는 우등 좌석이었는데, 에어컨도 시원했고 전체적으로 쾌적했다. 역시 잘 모를 때는 사람들이 많은 곳이 중간은 한다.

"우리 이제 쿠알라룸푸르와도 이별이야. 언제 또 올지 모르겠 다. 쿠알라룸푸르에서는 무엇이 제일 재미있었어?"

"호텔 수영장에서 수영하고, 망고 주스 마신 거요!"

첫째의 대답,

"예쁜 인형이랑 한식이요!"

둘째의 대답.

'아…. 페트로사인스는? 반딧불이 투어는? 바투 동굴은? 차이나 타운은? 또, 또, 얼마나 많은 곳을 다녔는데, 결국 놀이, 쇼핑, 먹 는 것만 남은 건가?'

예상치 못한 대답에 넋이 나간 나에게

"아빠는 무엇이 제일 좋았어요?"

"아빠는 오래된 집이랑 그림 그린 게 제일 좋았겠지!"

첫째와 둘째가 묻고 답하기를 서로 하더니, 그것으로 내 소감은 마무리되었다.

"엄마는요?"

둘째가 아내한테 물어본다.

우리 가족은 바람길 여행을 떠났다

"엄마는 한국 말고 외국으로 여행하러 온 게 다 좋을 거야."

첫째가 대답한다.

맞다! 박물관, 미술관, 과학관. 기억 못한들 어떤가. 우리가 함께 떠나온 게 중요하지.

"우리 가족이 이곳을 다시 오는 날이 있을까?"

두 딸과 아내에게 말했다. 다시는 함께 오지 못할 것 같은 쿠알라룸푸르의 아쉬움과 새로운 곳으로 떠난다는 설렘의 감정과 함께 말라카로 향하였다.

4

말라카

Melaka

쿠알라룸푸르에서 버스로 2시간 정도 떨어진 말라카는 말레이 반도의 남서쪽 말라카 해협에 있다. 드나들기 쉬운 지리적 특성으로 인해 15세기쯤부터 해상 교통의 요충지로 자리잡았고, 해양 무역이 활발하게 이루어지면서 부를 축적하고 문화가 부흥하였다.

그러다 보니 일찍이 유럽 강대국의 표적이 되어 왔다. 말라카를 차지하여야 다른 아시아 국가와의 무역이 수월하기 때문이다. 16세기에는 포르투갈의, 17세기에는 네덜란드의 지배를 받았고, 19세기 초에는 영국의 식민지가 되었다. 말라카 중심지에 있는 화려한 붉은 건물들은 17세기 네덜란드 지배 때 지어졌다.

말라카는 수백 년 전부터 유럽 국가의 지배로 인하여 유럽식 건물과 유적이 많이 남아 있다. 네덜란드 광장을 비롯하여 성 프란치스코 하비에르 교회, 성 바울 교회, 산티아고 성문 등 유럽 식민지 시대의 유적이 잘 보존되어 있어 관광객의 발길을 이끈다. 유럽 식민지 시대의 유적이 역사적으로 가치를 인정받아 2008년 페낭 조지타운과 함께 유네스코 세계 유산으로 등재되었다.

말라카 여행은 쿠알라룸푸르에서 일일 투어로 다녀오는 게 보통이다. 그러나 우리는 3박 4일 동안 머물렀다. 일일 투어였으면 바쁘게 돌아다니며 사진만 찍고 돌아왔겠지만, 나흘 동안 머물면서 말라카의 정서와 예술에 흠뻑 취할 수 있었다.

아침에 일어나면 따사로운 햇살을 받으며 넓은 운하를 따라 산책한다. 상쾌한 공기를 마시는 것만으로도 몸과 마음이 건강해지는 기분이다. 주변 곳곳의 유적을 찾아보는 동안 과거의 유럽으로 시간 여행을 떠나는 것 같다. 세인트폴 교회가 있는 언덕에 올라 넓은 말라카 해협을 보면서 해상 무역이 활발하던 옛 시절을 상상해 본다. 존커 거리에서 마음에 드는 건물을 발견하면 그 자리에서 그림을 그린다. 재미있게 그려진 벽화를 배경 삼아 아이들과 함께 사진을 찍어 본다. 네덜란드 광장을 지나 시내로 나가면 현지인들로 붐비는 시장으로 간다. 현지인들과 섞여 함께 삶을 공유한다. 밤에 야시장에서 맥주 한 잔 곁들이면 더 이상의 행복은 없는 것 같다.

말라카는 도시 자체가 하나의 박물관 같다. 이름 모를 꽃과 나무로 우거진 숲이 있고, 도시 가운데 강이 흐른다. 청아한 자연과 옛 건축물이 잘 어울린다. 깨끗한 자연처럼 눈과 마음이 맑은 말레이시아인의 표정이 밝다.

말라카는 경주와 닮은 도시이다.

성 프란치스코 하비에르의 슬픔이 담긴
성 바울 교회(St. Paul's Church)

우리 가족은 말라카 여행의 중심지인 네덜란드 광장 근처에 숙소를 잡았다. 다음 날 아침 더워지기 전에 아이들과 함께 밖으로 나왔다.

"얘들아, 우리 집 앞에 언덕 보이지? 우리 지금 저기 올라갈 거야!"

집 앞에 보이는 언덕 주변으로 말라카 유적이 펼쳐져 있다. 우리는 먼저 성 바울 교회(St. Paul Chuch)를 찾아가 보기로 하였다. 계단을 따라 올라가다가 숨이 차고 땀이 날 것 같은 찰나에 꼭대기에 도착한다. 작은 성당이 우리를 반기는데, 성 바울 교회이다.

"얘들아, 여기가 성 바울 교회야. 500살이래."

숫자를 셀 줄 아는 첫째는 "우와~, 그렇게 오래되었어요?"라고 말하지만, 둘째에게는 500이라는 숫자는 아직 감이 없는지 "오백?"이라고 되풀이한다. 이 교회는 1521년 포르투갈이 가톨릭 포교를 위해 말라카에 최초로 지은 성당이다. 전체적으로 화이트 풍으로 다른 성당에 비해 소박하고 아담하며 정결함이 풍겨 나온다.

우리 가족은 바람길 여행을 떠났다

현재는 지붕이 없고 군데군데 무너진 흔적이 있는데, 네덜란드와 영국의 공격으로 파괴되어 외벽만 남아 있다. 개신교인 네덜란드와 영국이 가톨릭을 박해하기 위해 그랬다고 하니 씁쓸함이 느껴졌다.

"얘들아, 네덜란드 사람들이 살았던 시절에는 무덤이 많이 있었대."

"무덤이요? 아빠, 얼른 나가요."

"무서워요. 밖으로 가요."

아이들은 고풍스러웠던 교회가 '무덤'이라는 낱말 하나에 을씨년스럽게 느껴졌나 보다.

교회 밖으로 나와 커다란 순백의 조각상에 다가갔다.

"여보, 오른쪽 손목이 없어요."

"어디? 어디? 정말이다. 손목이 없어요!"

성 바울 교회를 지키고 있는 조각상은 성 프란치스코 하비에르(St. Francisco Xavier)이다. 성 프란치스코 하비에르는 아시아에 가톨릭을 전파하기 위해 헌신한 성자라고 한다. 박해와 외면 속에서도 가톨릭 전파를 위해 힘쓰다가 돌아가셨는데, 유해를 안치할 곳이 없었다고 한다. 그의 유해는 이곳에서 약 9개월 동안 머문 후 인도 고아로 온전히 안치되었다고 한다. 조각상을 한참 바라보았다.

성 바울 교회(St. Paul Chuch)

인자함과 슬픔을 간직한 한 성자의 눈망울이 나를 내려다본다.

거기에 오른쪽 손목이 잘려 나갔다. 그의 모습을 지켜보니 콧등이

시큰했다.

우리 가족은 바람길 여행을 떠났다

성 바울 교회에서 바라보는 말라카의 모습은 가슴이 뚫릴 정도로 상쾌하였다. 멀리 보이는 말라카 해협의 수평선과 크고 작은 배들을 보면서 수백 년 전 무역항으로서의 말라카의 전성기를 상상할 수 있었다.

우리는 하루에 한 번씩은 이 언덕을 올랐다. 아침에 오르면 말라카 해협에서 해가 뜨면서 주변이 밝아지기 시작한다. 성 프란치스코 하비에르 조각상에도 햇살이 비치며 점차 선명해지는데, 그 모습이 천사가 하늘에서 내려오는 것 같다. 점심에는 푸르게 우거진 나무 그늘에 앉아 두 딸은 아이스크림을 입에 문다. 나와 아내는 눈을 감고 바람과 하늘, 구름을 느끼며 한숨 돌린다. 저녁에는 울긋불긋한 해가 지면서 주변 모든 것들을 뜨겁게 삼키는 일몰이 압권이다. 세상이 주황빛으로 감싸는 풍경은 웅장하다.

여행하다 보면 종종 설명하기 어렵지만, 그곳과 내가 자석처럼 당겨지는 순간이 있다. 성 바울 교회가 그랬다. 그때는 그냥 온전히 맡기면 된다.

산티아고 성문(Port de Santiago)을 보면 가슴이 아프다

'성 바울 성당' 언덕 정상에서 네덜란드 광장 반대편으로 내려오면 낡은 성문 하나가 보인다. 군데군데 닳아 둥그러진 벽돌과 포탄에 맞아 생긴 것 같은 구멍들은 나이가 오래되었음을 보여 준다. '산티아고 성문(Port de Santiago)'이다.

산티아고 성문(Port de Santiago)

우리 가족은 바람길 여행을 떠났다

"아빠, 이게 뭐예요?"

"응. 여긴 성문이래. 저기 봐! 대포도 있네."

"에이~, 성문밖에 없어요? 성은요?"

"아마 다른 나라가 폭파하고 오래되어서 없어진 것 같아."

산티아고 성문은 16세기 포르투갈이 이곳을 점령하면서 만들었다. 이곳을 차지해야 아시아 다른 나라에 식민지를 세울 수 있었기 때문이다. 해상 교통과 무역의 요충지인 말라카는 예로부터 유럽 강대국의 먹잇감이었다. 17세기에는 네덜란드가 점령하면서 이곳을 요새화하기 위해 성문을 강화했다. 네덜란드인들은 2m 두께에 6m 높이의 외벽을 쌓아 요새 도시로 만들었다. 밖에서는 이곳이 보이지 않고 쉽게 침략당하지 않도록 만반의 준비를 했다. 세월이 지나 19세기에는 영국이 지배하면서 성벽을 모두 폭파했는데 이 성문만 간신히 살아 남았다고 한다.

지금의 산티아고 성문 앞에서는 관광객들이 사진을 찍고, 주변 노점상들은 기념품을 팔기 위해 분주하다. 그러나 500년이 넘은 이 성문을 바라보고 있으면 포르투갈, 네덜란드, 영국이 지배했을 때의 모습들이 그려졌다. 지배국의 강압과 핍박에 의해 성문과 벽을 쌓고 요새를 만들어야 했던 말레이시아인들의 고통이 가슴 아프게 했다. 낯선 이방인에게 자신의 터를 빼앗겼다. 강대국의 이해

관계에 의해 강제 노동에 동원되어 요새를 만들었다. 요새를 만드는 동안 수많은 사람의 땀, 피, 눈물이 서려 있었을 것이다. 약소국의 설움이다.

나도 모르게 울컥하고 그들을 위해 묵념을 했다.

우리도 이들과 비슷한 시절이 있었으니 말이다.

우리 가족은 바람길 여행을 떠났다

존커 거리(Jonker Walk)

 말라카 하면 존커 거리(Jonker Walk)

네덜란드 광장에서 맞은 편에 있는 작은 다리를 건너면 존커 거리가 나온다. 존커 거리에는 아래층은 가게로, 위층은 일반 가정으로 지어진 중국식 옛 주택들이 즐비하다. 수백 년 전에 지어진 가옥들로 이루어진 존커 거리를 걷다 보면 과거의 말라카 속으로 시간 여행을 하는 것 같다.

"얘들아, 우리도 중국식 옛날 옷 입고 다녀볼까?"

"싫어요."

"더워요. 싫어요."

나는 아이들이 좋아할 줄 알았는데 예상 밖의 반응이었다. 벌써 세대 차이인가? 싫다고 하니 그냥 돌아다니기로 했다. 존커 거리는 골동품을 사고파는 골동품 거리로 처음 이름을 알렸다. 지금도 골동품을 파는데, 일요일 아침 벼룩 시장에서 발품을 팔면 고가의 물건을 저렴하게 구할 수도 있다고 한다(나도 도전했지만 결국 실패했다). 현재는 골동품뿐만 아니라 기념품, 장난감, 먹거리 등 다양한 상점들이 있어 여행자들을 맞이하고 있다.

존커 거리는 낮과 밤의 모습이 천차만별이다.

낮에는 주로 그곳 사람들의 삶이 펼쳐진다. 빨래를 거리 앞에 말리는 아저씨, 물을 뿌려 청소하는 아주머니, 공을 차며 뛰어노는 아이들…. 평온하고 소박한 일상의 모습이다.

"아빠, 더워요."

"목말라요."

존커 거리의 유명한 코코넛 쉐이크를 주문한다. 그 자리에서 코코넛을 잘라 연유, 얼음, 여러 재료를 넣고 믹서기에 갈아 준다. 각자 빨대로 시원하고 달콤한 코코넛을 음미하며 길을 걷는다. 마음에 드는 골동품 가게와 기념품 가게를 무작정 들어간다. 작품들을 보다 보면 여기가 미술관 같다. 지도를 가방에 넣었다. 마음이 가는 대로 골목길을 걷는다. 이름 모를 박물관이나 미술관에 들어가 작품을 감상하는데 뜻밖의 대작이라 횡재한 것 같다.

"다리 아파요."

"힘들어요."

이제는 장난감 가게에 들러 장난감을 구경한다. 아이들의 눈빛이 되살아난다.

"우리 장난감 가게 몇 군데만 더 돌아보고 사자."

"네!"

장난감 가게를 더 보러 다닌다는 핑계로 존커 거리를 더 돌아본다. 장난감 가게를 한 번 보고 박물관을 한 번 보고…. 이런 식으로 존커 거리 끝까지 걸어가 본다.

"장난감은 한 개만 살 거야. 아빠 손바닥 크기보다 크면 안 돼."

큰 장난감이나 인형은 여행 시 부담이 된다. 아이들이 심사숙고한 끝에 하나씩을 고른다. 그렇게 낮의 존커 거리를 즐겼다.

밤의 존커 거리는 낮과는 딴판이다. 이곳이 같은 곳인가 할 정도이다. 해가 질 즈음 거리에는 간이 매대가 하나둘씩 자리잡는다. 금세 간이 매대에서는 화려한 조명과 신나는 음악이 흘러나온다. 여러 종류의 음료, 아이스크림, 튀김, 사떼(인도네시아식 꼬치요리) 등 야시장 특유의 음식들이 가득하다. 낮에는 한산했던 이곳이 사람들로 가득 찼다. 말라카 여행자들은 다 이곳으로 집합한 것 같다. 저녁을 먹지 않았던 우리는 각자 먹고 싶은 먹거리를 하나씩 고른다. 첫째는 어묵바 같은 해산물 튀김, 둘째는 스테이크, 나는 사떼, 아내는 코코넛 쉐이크, 한 가족이지만 먹는 취향은 왜 이리 제각각인지 모르겠다.

"저기서 누가 노래 불러요~."

멀리서 무대가 보이고 노랫소리가 들려온다.

"말레이시아 가수가 공연하나 봐. 빨리 가보자!"

우리는 처음 보는 말레이시아 가수 공연에 들떠 발걸음을 재촉했다. 그런데 점점 다가갈수록 노래가 음치에 박치다. 심지어 관객도 거의 없다. 알고 보니 상인회에서 노래 자랑 무대를 마련한 것이다. 노래방 반주에 맞추어 열심히 노래를 부르는데 분명히 가수는 아니다. 어떤 사람은 술에 취해 음악에 취해 춤을 추고 노래를 부른다. 말레이시아판 음주 · 가무다. 음치면 어떻고 박치면 어떠한가? 이 시간이 즐겁고 행복하면 됐지. 노래와 춤을 좋아하는 둘째도 음악에 맞추어 수줍게 들썩거린다. 일부러 아는 척은 하지 않았다.

존커 거리의 야시장은 낮보다 액세서리도 많이 볼 수 있었다.

반지나 팔찌를 껴보고 마음에 드는 걸 하나 산다.

"나도 팔찌 갖고 싶어요."

"낮에 장난감 하나 샀잖아. 그러니 이번에는 넘어가는 거야."

툴툴거리는 아이를 달래며 숙소로 돌아간다. 가족 중 누구 하나만 특혜를 갖는 것이 아닌 모두 공평하고 존중하는 관계이기를 바라기에 삐져도 어쩔 수 없다. 화려한 조명, 시끄러운 음악을 피해 도망치듯이 숙소로 돌아왔다.

여담이지만, 존커 거리를 다니다 보면 누구나 이질적으로 느껴지는 건물이 하나 보인다. 입구에 외국계 SPA 의류 상점이 있는데 옛 건물과 어울리지 못해 존커 거리의 풍경을 해친다. 유명한 관광지이기에 외국계 자본이 들어왔을 것이다. 그래도 이곳의 풍경과 문화를 존중하지 않고서 다국적 자본의 건물을 세우는 건 좀 아니라는 생각이 든다.

말라카 네덜란드 광장

말라카 그리스도 교회(Christ Church Melaka)에서 예배를 드리다

말라카에서 주일을 맞이하여 예배를 드리고 싶었다. 구글링을 해 보니 숙소 바로 앞 네덜란드 광장에 있는 그리스도 교회에서 일요일에 예배를 드린다고 한다.

"오늘은 주일이야. 교회에 가서 예배 드리자."

"말레이시아에 교회가 어디 있어요?"

"우리 집 앞에 있어. 빨간색 건물 있지? 거기가 교회야. 일단 가 보자!"

우리 가족은 말레이시아에서 예배를 드릴 수 있다는 감사함에 기쁜 마음으로 교회를 찾아갔다. 실제로 게시판에는 매주 일요일 말레이시아어 예배와 영어 예배 일정이 적혀 있었다.

교회에 들어가려고 하니 앞에 계신 아주머니가 막으셨다(집사 정도 의 신분으로 보였다). 지금 예배 중이고 일요일이니 들어오지 말라는 것 이다. 우리도 예배를 드리러 왔다고 하니 처음에는 믿지 않았다. 우리 행색이 반 팔 티셔츠에 반바지에 슬리퍼 차림이었으니 내가 봐도 예배 장면을 구경하러 온 사람이라고 생각했을 것 같다. 나는 핸드폰에서 내가 다니는 교회 사진을 보이고 기독교인이라고 어필 하니 옆에 계신 할아버지가 들여보내라고 하신다. 조용히 들어가 뒤편에 앉았다. 아주머니는 미덥지 않았는지 옆에 와서 조용히 있 으라고 눈치를 준다.

성가대의 찬송에 맞추어 사람들이 일어나 손뼉을 치고 노래를 불렀다. 〈시스터 액트〉에 나오는 밝고 경쾌한 분위기이다. 우리도 신나게 노래를 따라 불렀다.

목사님의 설교 스타일은 우리나라와 달랐다. 천주교 신부님과 비슷한 복장으로 설교하는 동안 양옆에는 남자아이 둘이 서 있었

말라카 그리스도 교회(Christ Church Melaka)

우리 가족은 바람길 여행을 떠났다

다. 내가 실수로 성당에 온 건 아닌가 생각이 들었는데 성경이나 찬송은 기독교가 맞았다. 그 나라의 전통과 문화에 따라 같은 종교라도 방식이 다름을 새삼스레 깨달았다.

목사님의 설교를 들으려고 귀를 쫑긋 세웠는데 무슨 말씀을 하시는지 하나도 알아들을 수 없었다. '내가 영어 실력이 부족한가?' 하는 자괴감이 빠졌다. 심기일전하고 다시 집중하여 들었는데 아무리 들어도 영어가 아닌 것 같았다. 지금 예배는 말레이어로 하는 예배였다. 영어 예배는 다음 시간이었다. 아주머니께서 우리 가족을 못 들어오게 하셨던 것은 지금은 말레이어로 예배하는 영어 예배 시간에 참석하라는 뜻이었다. 내가 오해한 것이다.

그래도 살면서 '언제 말레이어로 설교를 들어보겠냐?'하며 열심히 들었다(무슨 뜻인지는 전혀 모르겠지만). 찬송은 영어라 아이와 함께 신나게 따라 불렀다. 예배를 마치고 아주머니에게 미안함을 담은 인사를 드리고 나왔다.

1741년에 지어진 이 교회에서 단순히 관광이 아니라 예배를 드렸던 경험은 잊지 못할 것 같다. 예배를 드리는 동안 교회 안의 작은 물건 하나하나가 눈에 들어왔고, 수백 년 역사를 간직한 이 교회에 잠시나마 속해 있었다는 것이 영광스러웠다.

알록달록 벽화 거리

　예술의 도시 답게 존커 거리를 중심으로 벽화가 그려진 가옥들이 가득하다. 말라카의 벽화는 페낭과는 느낌과 분위기가 전혀 다르다. 페낭은 무채색의 수수하고 소박함이 매력이라면 말라카는 형형색색의 화려함과 눈부심이 매력이다. 말라카의 벽화는 유명한 관광 명소라 사진을 찍으려는 사람들로 항상 붐빈다.

길거리 벽화

우리 가족은 바람길 여행을 떠났다

내

    존커 거리 중심지에서 벗어나 길을 걷다 보면 커다란 오랑우탄 벽화가 눈에 띈다. 노란색 벽에 주황빛 오랑우탄이 반기는데, 건물의 이름도 '오랑우탄 하우스(ThE Orangutan House)'이다. 오랑우탄 하우스는 말카라 출신 예술가인 '찰스 참(Charles Cham)'의 작품을 전시하는 갤러리이자 기념품 가게이다. 아침부터 오랑우탄 하우스는 벽화를 배경으로 사진을 찍는 사람들과 매장에서 기념품을 사려는 사람들로 붐빈다. 매장에서는 오랑우탄을 콘셉으로 한 기념품들이 많은데 아기자기한 그래픽 티셔츠를 하나 사서 입고 다니는 것도 괜찮을 것 같다.

"해령, 해인아. 오랑우탄이 영어가 아니래."

"헐~! 정말요? 그럼 어느 나라 말이에요?"

"말레이시아 말이래. 오랑우탄은 '숲에 사는 사람'이라는 뜻이라네."

"에이~, 어떻게 동물이 사람이에요!"

둘째는 오랑우탄이 사람이라고 하니 충격이었나 보다.

"아마 오랑우탄이 사람처럼 생겨서 그렇지 않을까?"

"그럼, 오랑우탄처럼 세계에서 쓰는 우리나라 말은 없어요?"

첫째가 궁금한가 보다.

"음…. 김치도 있고…."

"아! 김치!"

"흐음…. 김치도 있고…. 또…."

"또…. 뭐가 있어요?"

"잘 모르겠어…. 한국 가면 같이 도서관에서 찾아보자."

"아빤 맨날 모르면 한국 가서 알아보재!"

오랑우탄 하우스를 뒤로 하고 강가 쪽으로 걸어간다. 빨강, 노랑, 파랑 등 형형색색으로 색칠된 벽화가 눈에 띈다. 키엘(Kiehl's) 벽화인데 화장품 브랜드인 키엘(Kiehl's)에서 그린 것이라고 한다. 흰색 벽에

우리 가족은 바람길 여행을 떠났다

키엘(Kiehl's) 벽화

여러 모양과 원색으로 색칠된 작품이 키엘만의 색상을 나타내고 말라카와 잘 어울린다. 귀엽고 깜찍한 느낌의 벽화 앞에서 사람들이 너도나도 사진을 찍고 SNS에 올리느라 정신이 없다.

오랑우탄 하우스나 키엘 벽화뿐만 아니라 말라카에는 존커 거리를 중심으로 벽화 작품이 많다. 카페, 식당, 기념품점 등 곳곳에 벽화가 가득해 오히려 벽화가 없는 수수한 집이 눈에 띈다. 벽화를 감상하다 보면 거리 자체가 작은 미술관이 된다.

수백 년 된 건물에 그려진 벽화들은 보면 과거와 현재가 조화로운 말라카의 예술을 느낄 수 있는 것 같다. 우리나라도 벽화 마을

이 많이 생기고 있는데, 주제가 천차만별이라 어수선하다는 느낌이 드는 마을도 있다. 말라카처럼 하나의 주제 혹은 건물의 특징을 나타내는 작품처럼 마을을 나타내는 콘셉을 맞추어 벽화가 만들어지면 더 멋질 것 같다는 생각이 들었다.

우리 가족은 바람길 여행을 떠났다

인도 음식에 도전하다

말라카 여행 중에 현지인들이 찾는 유명한 인도 음식점이 있다는 소문을 들었다.

"여보, 인도 음식 도전해 봐야죠!"

인도 음식에 익숙한 아내이다.

"아! 인도 음식? 한 번도 먹어본 적 없는데….'

"막상 먹어 보면 맛있으니까 괜찮을 거에요."

"얘들아, 너희는 어때?"

"도전해 봐요!"

적극적인 첫째,

"그냥 흰밥 먹으면 안 돼요?"

한식 마니아 둘째.

"그래도 여기까지 왔는데 한 번 가보자!"

큰마음을 먹고 인도 식당을 찾아 나섰다. 인도 식당은 존커 거리를 지나 북쪽으로 한 참 걷다 보니 현지인들의 거리 안에 있었다. 식당은 저녁에 문을 여는 곳이었다. 일찍 도착해서 가게 앞에서 쪼그려 앉아 기다렸다. 사람들이 신기해서 우리를 쳐다보고 우리는 쳐다보는 사람이 신기해서 쳐다 보았다. 해가 지기 시작할 즈

북인도식 식당 '팍 푸트라(Pak Putra)'

음 가게 문이 열리고 수십 개의 테이블이 놓인다. 화덕에 불이 붙고 빨간 소스를 바른 닭들이 화덕 안으로 들어갔다. 문을 연 지 얼마되지 않았는데 식당은 사람들로 꽉 찼다.

"우와~, 사람들 정말 많다. 맛집인가 봐!"

아내와 큰딸의 설렘에

"흐음···. 그런가 보네···."

시큰둥한 둘째와 나.

'팍 푸트라(Pak Putra)'라는 식당은 북인도식 음식을 맛볼 수 있는 곳이다. 강한 향신료를 사용하는 인도 음식에 평소 겁이 나 근처에도 가지 않는 나였지만 도전해 보기로 하였다. 이 집의 메인 메뉴인 탄두리 치킨을 시키고, 마늘이 들어간 갈릭 난을 같이 시켰다. 따끈따끈한 갈릭 난이 먼저 나왔는데 맛이 괜찮다. 밀가루 반죽으로 만든 난이 푸석푸석하지 않고 쫄깃한 식감이었고, 마늘향과 함께 어우러져 풍미가 더했다. 마늘 향은 우리에게 익숙하여 거부감이 없었다.

"갈릭 난 맛있는데!"

"여보, 얘들아, 여기 있는 소스를 찍어 먹으면 더 맛있어요."

아내의 추천으로 소스 중 하나를 찍어 먹어보았다. 나는 소스 없는 갈릭 난이 입맛에 맞는 것 같다.

그다음 나온 탄두리는 정말 최고의 맛이었다. 불에 그을린 불맛과 바삭바삭한 껍질과 부드러운 속살의 조합은 치킨과는 전혀 다른 맛이다.

갈릭 난과 탄두리

"얘들아, 난이랑 탄두리랑 같이 먹어봐."

난에 탄두리를 얹어 먹으면 치킨 샌드위치가 되고 강한 향신료 소스를 찍어 난을 먹고, 탄두리로 입가심하는 것도 재미있는 맛이었다.

쌀밥, 된장국, 김치를 사랑하는 나는 외국 향신료에 두려움이 많았는데 인도 음식(정확히 말하면 북인도 음식)은 내 입맛과 잘 맞았다.

"해령이는 어때? 맛이 괜찮아?"

탄두리를 먹느라 정신 없는 둘째는 고개만 끄덕이며 닭고기에 열중한다. 난과 탄두리를 추가로 더 시켰다. 빈 접시는 쌓여갔고 우리는 오랜만에 포식을 했다. 좋은 음식으로 보양을 한 것 같았다. 현지인 대상으로 장사를 하는 식당이기에 가격도 저렴하고 로컬 분위기가 물씬 났다.

"얘들아, 나중에 한 번 더 먹을까?"

"괜찮은 것 같아요!"

"좋아요!"

처음에는 두려움에 도전한 인도 음식인데 내 입맛에 맞았다. 앞으로는 내가 먹을 수 있는 음식 종류가 하나 더 늘었으니 제법 의미 있는 도전이었다.

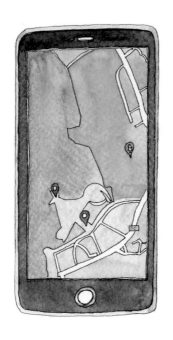

 스마트한 여행이 나에게 찝찝함으로 다가왔다

보통 여행을 나가면 두꺼운 가이드북은 여권과 지갑 다음으로
꼭 챙겨야 하는 필수품이었다. 가이드북을 깜박하고 나가면 그날
의 여행은 불안과 초조로 망치는 경우가 있었다. 이번 여행은 트
렌드에 맞추어 스마트폰을 활용하기로 했다. 여행 전 관광지와 숙
소를 구글맵에 저장하고 현지 유심으로 교체하였다. 스마트폰으로
여행을 하니 신세계였다.

두꺼운 가이드북은 필요 없었다.

여행의 모든 일정과 장소는 구글맵과 여행 앱으로 관리하면 된다. 오늘 일정을 확인하고 표시된 구글맵의 안내에 따라 버스를 타고 내비게이션을 따라 걸어가면 쉽게 원하는 곳에 도착할 수 있었다. 걷기 싫거나 힘이 들면 그랩(Grab)을 불러 택시보다 저렴한 가격으로 이동하면 된다. 즉 스마트폰에 저장된 일정을 따라 스마트폰이 알려주는 대로 움직이고 보고 먹으면 된다. 길을 잃을 일도 일정을 조정하려 고민하는 일도 별로 없었다.

처음에는 신기하고 편하고 실수가 없으니 '스마트폰만 있으면 무적!'이라는 자신감도 생겼다.

그런데….

구글맵을 따라 버스 시간을 맞추어 정류장에 나가고 주변 맛집을 검색하고 일정을 체크하는 내 모습이 우리나라에서 시간과 일정에 쫓겨 사는 바쁘게 하루를 보내는 일상과 같다는 것을 문득 깨닫게 되었다. 여행이 아니라 직장 생활을 하는 듯한 느낌이 들었다. 한편으로는 하루를 마치고 오늘 있었던 일을 되돌아볼 때는 예전과 달리 인상 깊은 장면이 별로 없었다. 하루의 기억은 스마트폰이 가리키는 방향을 따라 스마트폰만 보고 길을 찾아가는 게 다였다.

예전처럼 지도를 보고 거리와 건물을 외우고 주변을 살펴보지도 않게 되었다. 길을 걸어가며 주변의 나무와 사람들, 동네를 볼 기회도 적어졌다. 스마트폰을 사용하니 흔히 인싸^(?)나 파워 블로거들이 올린 여행지 인증의 횟수가 늘었다.

스마트폰 대신 가이드북을 다시 들었다. 무거운 가이드북은 여전히 여행 중 귀찮은 짐이었으나 길을 걸으며 하늘을 바라볼 수 있었고 사람들의 표정을 읽을 수 있었고 그곳의 냄새, 바람의 향기를 느낄 수 있었다. 나는 디지털보다는 아날로그가 맞는 사람인가 보다.

지금은 스마트폰을 이용하되, 횟수를 최소화하고 아날로그식 여행으로 돌아갔다. 그러다 보니 길을 잃는 불편함이 새로운 골목길을 발견하게 되고 혼자서 인터넷 검색으로 찾는 대신 현지인들과 대화하게 되었다.

무조건 편리함이 좋은 건 아닌 것 같다. 아직도 나는 불편하고 귀찮은 예전 방식의 여행이 좋다.

5

조호르바루

Johor Bahru

조호르바루(Johor Baharu)는 말레이시아 최남단에 있는 곳으로 싱가포르 국경과 맞닿아 있다. 우리나라의 부산이라고 말하면 적당할 것 같다. 조호르바루는 해상 무역이 발달하고 외국인들의 잦은 왕래로 활기찬 곳이다. 최근에는 조호르바루에 투자가 많아져 쇼핑몰과 고층 아파트들이 생기고 주변에는 공사가 한창이다. 현재 조호르바루는 신도시 개발에 몰두하고 있다. 19세기 조호르 술탄이 이곳으로 왕궁을 옮겼는데, 이때부터 조호르바루는 본격적으로 발전했다고 한다.

최근 우리나라에서는 조호르바루 한 달 살기가 유행이다. 물가가 저렴하여 생활비가 적게 들고, 어학 연수 프로그램이 다양하여 자녀를 둔 부모들이 방학을 통해 한 달 살기를 한다고 한다. 그래서 자동차와 아파트 단기 렌트 사업이 활발하다. 은퇴 후 이곳으로 이주하는 한국인들도 점차 늘고 있다고 한다. 저렴한 물가, 평온한 날씨, 친절한 사람들, 안전한 치안, 저렴한 아파트 임대료 등 외국인들이 이곳에서 자리 잡도록 유혹한다.

조호르바루는 가족 단위 여행자들에게 매력적인 곳이다. 세계적으로 유명한 키즈카페인 FANPEKKA(판페카)를 비롯하여 앵그리버드 키즈카페, 헬로키티 테마파크가 있어서 아이들에게는 천국이다. 쇼핑몰도 잘 발달하여 있어 온종일 쇼핑하는 재미가 있다. 우리나라 의류 가격의 절반 정도 되지 않는 가성비 좋은 브랜드들이 많다.

먹거리도 풍부하여 다양한 디저트와 중식, 말레이식, 인도식, 한식 등 먹고 싶은 음식이 넘쳐난다. 술탄 왕궁 공원, 술탄 모스크를 방문하여 이곳의 역사를 느껴보는 것도 새로운 경험이다.

그래도 뭐니 해도 이곳이 인기는 '레고랜드'이다.

레고랜드에서 레고 어트랙션을 타고, 세계 각국의 랜드마크를 레고로 만든 파노라마를 관람하면 하루가 금방 간다. '레고랜드' 옆 '레고 워터파크'에서 온종일 물놀이하는 것도 최고다. '레고 호텔'에서 하루 묵으면 아이뿐만 아니라 가족 모두 신나게 즐길 수 있다.

쇼핑, 공부, 놀이 등 모든 것을 마음껏 즐길 수 있는 곳. 그곳이 바로 조호르바루다.

한식 찾아 삼만리

우리 둘째아이는 입맛이 까다롭다.

고기만 좋아해서 고기 반찬이 없으면 밥을 먹지 않는다. 나름의 철학이 있는데, 돼지갈비같이 고기를 양념에 무친 것은 고기 본연의 맛이 아니라며 먹지 않는다. 삼겹살, 목살같이 고기 자체를 굽는 것만 먹는다. 밥도 잡곡밥은 씹는 맛이 별로라며 먹지 않는다. 푸석하고 밥알이 떨어지는 안남미는 쳐다보지도 않는다. 밥알들이 포근히 붙어 있는 흰쌀밥을 주면 두 공기는 거뜬하다.

"흰쌀밥이 왜 좋아?"

"흰쌀밥은 오래 씹으면 백설기같이 고소한 맛이 나요."

푸석한 안남미가 아니라 밥알이 잘 붙어 있는 우리나라 쌀밥을 좋아한다. 이런 아이다 보니 외국에 나올 때마다 즉석 밥과 김, 밑반찬은 필수다.

여행 초반에는 둘째에게 현지 음식을 먹여보려 했지만, 배가 안 고프다며 며칠을 굶다시피 하니 어쩔 수 없이 우리나라 음식을 챙길 수밖에 없었다. 일주일 미만의 배낭 여행 때는 크게 문제가 되지 않았다. 이번 여행은 한 달 이상의 장거리 여행이었다. 아끼고 아꼈지만, 조호르바루에 도착하니 즉석 밥과 반찬이 다 떨어졌다.

우리 가족은 바람길 여행을 떠났다

조호르바루 한인마트

5. 조호르바루(Johor Bahru)

둘째는 징징거리고, 짜증을 내면서 배가 고프면서 안 고프단다.

숙소에 도착하자마자 구글 지도로 한국 마트를 검색했다. 1km 남짓 거리에 있는 '우리 마트'라는 한인 마트를 찾았다. 1km 거리니 걸어서 다녀오기로 하고 아내와 집을 나섰다. 멀지 않은 거리라 생각하고 걷기 시작했는데 조금 지나다 보니 인도가 사라지고 차도밖에 없었다. 이미 반 이상을 걸었기에 끝까지 걸어가기로 했다. 차를 피해 갓길로 걸어가는 도중에 예상치 못한 폭우가 쏟아졌다. 큰 나무 아래에서 비를 피했다가 비가 잦아지면 다시 걷고, 또 폭우가 쏟아지면 지붕 아래에서 비를 피했다가 다시 걸어갔다. 차가 지나가면서 뿌려대는 물에 젖고 진흙탕에 신발이 빠지고…. 짧은 거리라 생각했던 그 길은 고행 길이었다. 그랩을 부를걸…. 몇 푼 아낀다고 고생은 고생대로 했다.

구글 지도를 보면서 간신히 한인 마트에 도착했다. 얼마나 반가운지 몰랐다. 도착하자마자 눈에 보이는 대로 쓸어 담았다. 햇반, 봉지라면, 컵라면, 김, 즉석 부대찌개 등 양손 가득 담았다. 이번 아니면 다시는 살 수 없을 것처럼 최선을 다해 샀다. 흡족한 마음으로 결제를 한 후 나와서 다시 그 길로 돌아가려니 한숨만 나왔다.

그랩을 부르려 핸드폰을 검색하였으나 외진 곳이고 비까지 오니 잘 잡히지 않았다. 시간은 흐르고 더 이상 지체하면 아이들이 집에서 울고 있을 것 같아 다시 걷기로 했다. 비는 다시 추적추적 내리고 해는 점점 어두워지는데, 우리는 여행자라기보다는 물에 빠진 생쥐 같았다. 본능에 이끌리듯 갔던 길을 돌아가니 멀리서 숙소 주변의 상가 불빛이 보였다.

숙소에 들어가니 아이들은 걱정했는지 눈가가 촉촉하였다. 그것도 잠시, 우리가 사온 음식들을 보고 뛰며 소리를 지르며 환호했다. 우리는 오늘의 전리품(?)을 죽 늘어놓고 기념 가족 사진을 찍었다. 라면과 햇반과 여러 반찬을 꺼내 놓고 저녁은 한국식 만찬으로 먹었다.

아내랑 둘이 왔으면 이렇게까지 고생하지 않을 텐데 아이들이 있으니 손이 가고 챙길 수밖에 없다. 이게 부모인가 보다.

5. 조호르바루(Johor Bahru)

레고랜드

 내 버킷리스트를 이루었다(레고랜드)

유년 시절, 레고는 부유함의 상징이었다.

주변에 레고를 가진 친구는 중상류층 이상의 자제였고, 학교에 레고를 가져오면 인기스타였다. '친구의 레고를 한 번 만져볼 수만 있다면….'하는 마음으로 친구의 마음에 들어보려고 노력한 기억이 지금도 생생하다. 지금 레고는 저렴한 가격은 아니지만, 돈을 아끼면 살 수 있을 정도이다. 하지만 어릴 적 레고는 물가 대비 고가의

우리 가족은 바람길 여행을 떠났다

명품 장난감이었다. 어린 시절에 평범한 아이들처럼 나도 레고를 갖지 못했다. 하지만 부모님께 레고를 사달라는 생각조차 하지 못했다. 나에게 레고는 사치라는 것을 본능적으로 알았나 보다.

외삼촌이 결혼한다며 외숙모 될 사람을 데려오셨다. 외숙모는 나에게 장난감을 선물로 주셨는데, 바로 '레고'였다. 중세 성을 모티브로 한 세트였다. 레고를 받는 순간의 기쁨은 아직도 잊히지 않는다. 한동안 외숙모는 내 마음속 1순위였다. 40대인 지금도 레고를 보면 설렌다. 대형 마트에 가면 레고 코너는 꼭 들른다.

이번 여행에서 레고랜드는 인생의 버킷리스트 중 하나였다. 조호르바루를 코스로 잡은 건 순전히 레고랜드 때문이었는데, 드디어 이번에 버킷리스트를 성취했다. 레고랜드 가기 전날, 나는 첫 소풍을 앞둔 초등학교 1학년처럼 잠을 설쳤다.

개장 시각보다 먼저 도착해서 줄을 섰다. 에버랜드처럼 사람들이 많을 거로 생각했는데 예상외로 사람이 적었다. 레고랜드는 한적했으며, 유명한 어트랙션도 30분 정도 기다리면 탈 수 있었다. 레고랜드에는 모든 것이 다 레고였다. 조형물도 레고, 화장실도 레고, 음식점의 감자튀김도 레고….

온세상이 레고 천지니, 지상의 낙원이 이런 곳일 것이라 상상해 본다.

"아빠~, 무엇부터 탈까요?"

"나는 레고 작품 구경하고 싶은데?"

"에이, 그게 뭐예요. 재미없어. 놀이기구 타러 가요!"

"아빠는….."

"저기 롤러코스터부터 타요!"

아비인 나는 선택권이 제한되어 있기에(없다고 하는 게 맞을 수도 있다) 딸들에게 이끌려 'Dragon's Apprentice'라는 롤러코스터로 갔다. 첫째는 기대에 부풀었고, 둘째는 보는 순간 눈빛이 흔들린다.

"아빠, 믿지? 우리 같이 타자!"

둘째를 잘 달래서 탔다. 속도도 빠르지 않고 한 바퀴를 돌지도 않는 생각보다 무섭지 않았다.

"해령아, 재미있었지?"

라며 둘째를 보는 순간 아이는 롤러코스터의 충격과 배신감에 나를 노려본다.

"다시는 안 탈 거야!"

"해인이는 어때?"

"아빠~! 너무 재미있어요! 한 번 더 타요!"

첫째는 생각보다 재미있었는지 롤러코스터만 타기 시작했다. 사람이 적다 보니 한 번 타고 입구로 돌아가면 오래 기다리지 않아도

우리 가족은 바람길 여행을 떠났다

바로 탈 수 있었다. 롤러코스터만 타다 보니 속이 울렁거렸다. 첫째가 다시 타자고 하는 순간 아내를 쳐다봤다. 아내는 못 본 척 피했지만 간절한 내 눈빛을 마지못해 받아들였다.

첫째에게 해방된 나는 둘째와 함께 레고 모양의 놀이터에서 놀기도 하고, 레고 시티에 있는 연못에서 보트를 타고 유유자적 물놀이도 했다.

드라이빙 스쿨

5. 조호르바루(Johor Bahru)

드라이빙 스쿨에서 레고 자동차를 타고 운전면허시험에 합격하면 레고랜드 운전면허증을 기념품으로 준다. 어른인 나는 갖지 못하지만, 아비의 소원을 두 딸이 이루어 줄 거로 생각했는데, 두 딸모두 "싫어!"라며 지나친다. 나는 하고 싶어도 못 하는 걸 이렇게 쉽게 거절하다니….

아내와 아이들에게 한 시간만 자유 시간을 달라고 부탁하고 레고 작품을 보러 미니 랜드로 향했다. 햇볕이 뜨거웠지만, 나에게는 문제가 되지 않았다. 미니랜드는 말레이시아와 그 주변 국가의 주요 랜드 마크를 레고로 표현한 작품을 감상할 수 있는 야외 전시장이다. 캄보디아의 앙코르와트, 베트남의 호이안, 싱가포르의 멀라이언, 인도의 타지마할 등이 레고로 되살아났다. 한 시간의 제한된 시간 동안 하나하나를 눈에 담고 카메라로 찍고 정신 없이 관람했다. 그 한 시간이 어찌나 빠르던지 벌써 나를 재촉하는 전화벨이 울려 퍼졌다.

닌자고와 테크닉의 롤러코스터가 최근의 어트랙션인데, 그곳은 사람들로 붐볐다. 닌자고는 닌자고의 어트랙션을 타고 표창을 이용하여 적을 무찌르는 식의 놀이 기구로 남자아이들에게 인기가 많았다. 그러나 우리 두 딸은 허공에 표창을 날리다가 팔만 아프다며 재미없다는 반응이다.

테크닉의 롤러코스터인 'The Great LEGO race'는 세계 최초의 VR 롤러코스터이다. VR을 착용하고 롤러코스터를 타면 가상 현실 속 레고 레이스 경기장에서 벌어지는 경기를 가상 체험하게 된다. VR 속 세상에서 내 자동차가 하늘로 날아가고 떨어지는 상황이 롤러코스터의 위에서 아래로 떨어지는 것과 같아 실제 경험하는 듯한 착각과 실감은 배가 된다. 롤러코스터 마니아인 첫째가 "아빠, 이거 무서워요."할 정도니, 롤러코스터 개발자가 이 반응을 들었다면 으쓱했을 거다.

The Great LEGO race

5. 조호르바루(Johor Bahru)

레고랜드에는 크리스마스를 앞둔 시즌이라 크리스마스 관련 자잘한 이벤트도 많았다. 산타 분장을 한 레고 캐릭터 앞에서 사진도 찍고 크리스마스 캐럴도 같이 부르다 보니 더운 나라의 크리스마스는 어떤 느낌일까 하는 궁금함이 생겼다. 레고로 작은 크리스마스트리를 만들어보는 행사에 참여했더니 두 딸에게 레고 산타가 그려진 티셔츠를 선물로 주었다. 이곳에서만 받을 수 있는 선물이라 두 딸도 아주 만족했다(우리 두 딸은 한국에서도 이 옷을 자주 입었다).

아침 일찍 도착해 거의 모든 어트랙션과 작품들을 감상했다. 해가 지고 나갈 시간이 되었으나 나에게는 한두 시간 정도밖에 있지 않은 것 같았다. 어린 시절의 두근거림과 설렘이 가득한 곳이었고, 우리 두 딸과 공유할 수 있었기에 나에게는 너무 꿈만 같은 곳이었다.

혹시나 다시 방문할 수 있는 날이 온다면 그때는 레고랜드 호텔도 예약해야겠다. 이 핑계로 한 번 더 아내에게 오자고 조를 수 있을 것 같다.

우리 가족은 바람길 여행을 떠났다

레고랜드 워터파크

 이틀 연속의 놀이 공원 투어(레고랜드 워터파크)

말레이시아 레고랜드에서 하루를 보냈다면 다음 날은 레고랜드 워터파크가 필수다.

아침에 눈을 뜨자마자 온몸이 어제의 놀이기구 탑승 후유증으로 욱신욱신하는데, 우리 두 딸은 이미 수영복을 갈아 입고 아내와 나를 위에서 내려다본다.

"아빠, 언제 가요?"

"늦게 가면 조금밖에 못 놀잖아요."

"너희들은 안 힘드니? 안 졸리니?"

"네!"

학교 갈 때는 아침부터 그렇게 "일어나라~, 일어나라~!" 해도 듣는 둥 마는 둥 하던 두 딸인데, 워터파크가 아이들에게는 큰 자극인가 보다. 아이들의 등쌀에 못 이겨 급하게 준비하고 숙소 앞에서 그랩을 불렀다. 평소에 10분 이상을 기다렸지만, 바로 차가 와서 하루의 첫 단추부터 시작이 좋다. 레고랜드에 도착했다. 워터파크는 레고랜드 반대편에 있는데, 우리 가족은 어제도 왔었기에 촌스럽지 않게 마치 자주 온 가족처럼 으쓱대며 워터파크에 입장했다.

날씨가 따뜻하고 햇살이 환하게 비쳐 물놀이하기에는 최적의 날씨였다. 아이들은 벌써 얼굴에 설렘이 가득하였다. 레고랜드보다 사람도 적었고 우리나라 성수기의 워터파크 인원의 1/3도 되지 않아 기다림 없이 마음껏 이용할 수 있었다. 두 딸의 마음은 이미 물속에 들어가 있어서 빨리 옷을 갈아입고 들어가자고 아우성친다.

먼저 유수 풀에 도착했다.

"자, 아빠를 따라 스트레칭하면서~."

'풍덩!'

이미 아이들은 물속에 들어가 자신에게 맞는 튜브를 고른다. 누가 봐도 똑같은 노란색 튜브인데 하나를 갖고 서로 먼저 골랐다며 난리다.

"그건 아빠가 쓸 거야!"

논란의 튜브를 내가 차지하니 두 딸은 뾰로통한 얼굴을 하고 각자 튜브를 고른다. 이제야 우리 네 가족의 첫 물놀이가 시작되었다. 유수 풀에서 튜브에 몸을 맡긴 채 흘러가는 대로 놓아두었다. 흐르는 물길에 따라 시원함과 상쾌함이 밀려왔고 눈을 감고 바람소리 · 새소리를 느끼니 있는 지금이 천국 같았다. 유수 풀에는 레고 모양의 스펀지 블록들이 떠다녀 튜브가 지겨울 때는 블록을 조립해서 튜브 대신 타고 다녔다.

유수 풀

파도 풀에서는 구명조끼를 입고 넘실대는 파도 넘기 놀이를 하였다. 우리나라에서는 항공 사진으로 보면 파도 풀장에 수영 모자만 무수히 보였는데, 여기서는 여유롭다. 큰딸은 파도에 몸을 맡기며 신나게 놀다가 자기 키보다 높은 파도가 나올 때는 무협 영화에서 보던 것처럼 가뿐하게 넘어버린다. 큰딸은 벌써 워터파크에 200% 적응한 모양새다. 반면 둘째는 넘어오는 파도가 무섭다며 아빠를 붙잡고 놓지 않는다. 이럴 땐 여느 아버지처럼 "괜찮아! 아빠 믿지?"라며 파도가 오는 찰나에 둘째를 던지거나 물속으로 넣어 버린다. 컥컥거리며 눈물 콧물 범벅으로 나를 노려보는 둘째에게 "아빠가 실수했네~, 미안!"이라며 영혼 없는 위로를 했다.

유수 풀과 파도 풀에서 실컷 물놀이했으니 이번에는 물놀이터로 향하였다. 우리나라에도 볼 수 있는 놀이터이지만 놀이터가 레고 블록이라는 사실! 그것 하나만으로도 최고다. 아이들은 놀이터에 나오는 물을 피해 미끄럼틀을 타고 "아빠~, 엄마~." 부르며 물총으로 나와 아내를 맞추려고 한다. 요리조리 피하니 대놓고 그 자리에 서 있으란다. 아내를 보니 '이건 아빠의 몫이에요.'라는 눈빛이 읽혀 아이들의 물총 과녁이 되어 주었다.

물놀이터의 백미는 꼭대기 위 커다란 물통에서 나오는 물이다. 떨어지는 물에 몸에 닿으면 전율이 느껴질 정도다. 첫째와 둘째가

우리 가족은 바람길 여행을 떠났다

과감히 도전했으나 결과는 실패! 생각보다 강한 물을 한꺼번에 맞더니 눈물은 글썽이는데 멍해져 우는 타이밍을 놓친 것 같다.

무엇보다 이곳의 자랑은 다양한 슬라이드이다. 커다란 튜브에 2명이 타고 원을 그리며 내려오는 슬라이드, 요가 매트처럼 생긴 매트에 앞으로 누워 타는 슬라이드도 있다. 아파트 10층 정도 높이(나는 그렇게 느꼈다)에서 큰 낙차와 빠른 속도로 내려오는 슬라이드는 보기만 해도 아찔하다.

평소 롤러코스터나 슬라이드를 즐겨하지 않는 나다. 다른 이유는 없고 무섭기 때문이다. 그런데 첫째는 슬라이드를 한 번 타더니 이미 두 눈은 반짝거리며 슬라이드의 매력에 푹 빠져버렸다. 혼자 타기는 쑥스럽기에 아빠도 무조건 같이 타야 한다고 했다. 튜브를 끌고 올라가서 타고, 매트를 들고 다시 타고, 높은 지대에서 순식간에 내려오는 슬라이드를 타고…. 마치 슬라이드의 무한 반복의 연속이었다. 쉴틈도 없이 슬라이드를 타다 보니 속도 거북하고 머리도 아프니 내 마음은 '이제 그만!'이라고 외치고 있다. 하나 한 번 빠지면 끝장을 봐야 하는 첫째 때문에 슬라이드는 무한 굴레는 계속되었고, 아마 이날 슬라이드만 20번을 넘게 탔던 것 같다. 첫째는 싱글벙글 즐거운 표정이었지만 나는 이미 기진맥진하여 몸과 마음을 잃었다.

5. 조호르바루(Johor Bahru)

숙소에 갈 때도 첫째는 더 타려고 했으나 아빠가 힘들어서 봐 주었단다. 내 딸이지만 하나에 꽂히면 정말 무섭다.

레고랜드 워터파크는 넓기도 넓고 다양한 탈거리·볼거리가 있 어서 가족 단위 여행자에게 참 좋은 곳이다. 거기에 입장료만 내면 구명조끼, 벤치 등 편의 시설을 무료로 즐길 수 있다. 우리나라에 서는 구명조끼나 벤치를 이용하려면 입장료 외에 울며 겨자 먹기 로 돈을 또 내야 하는 경우가 많다. 생각해 보니 외국에서는 입장 료만 내면 거의 다 무료였던 것 같다. 우리나라도 외국처럼 돈벌이 에 치중하기보다 상식적인 선에서 관광객을 배려해 주었으면 하는 생각이 들었다.

이번 레고랜드 워터파크도 레고 작품 감상보다는 슬라이드 무한 루프만이 남아 있었다.

조호르바루는 아이들에게 천국이다(FANPEKKA)

싱가포르와 인접한 조호르바루는 쾌적하고 안전한 환경과 영화관, 대형 쇼핑몰 등 편의 시설이 잘 갖추어져 있어서 현지인들이 살고 싶어 하는 도시 중 하나다. 우리나라로 치면 일산이나 분당, 판교 정도 되려나. 우리나라에서도 은퇴 이민이나 단기 어학 연수로 자주 찾는 곳이기도 하다. 조호르바루에는 레고랜드뿐만 아니라 대형 키즈카페도 많아 키즈카페만 돌아다녀도 며칠을 보낼 수 있다. 유명한 곳으로는 앵그리버드 키즈카페, 헬로키티 카페, 판페카(FANPEKKA)가 있는데, 우리는 판페카로 정했다.

두 딸은 레고랜드 때와 같이 새벽부터 눈을 떠서 아내와 나를 닦달하고 있다.

"아빠~, 언제 가요?"

"아빠~, 씻어야죠."

"엄마~, 밥은 언제 먹어요?"

"얘들아, 10시에 오픈하기 때문에 오늘은 천천히 준비해도 돼! 좀 더 누워 있자!"

"아~, 10시까지 어떻게 기다려요!"

키즈카페 FANPEKKA

우리 가족은 바람길 여행을 떠났다

그제 레고랜드, 어제 레고랜드 워터파크, 오늘은 판페카….

연속 3일의 놀이 공원 일정이다. 아내와 나는 손을 들 힘조차 남아 있지 않지만, 아이들은 밤에 쌍코피를 쏟았음에도 여전히 생생하다. 마치 내일이 없는 사람들처럼 놀이에 진심이다.

눈곱을 떼는 둥 마는 둥 고양이 세수를 대충 하고 판페카가 있는 이온몰 테브라우점(AEON Mall Tebrau City)으로 향하였다. 두 딸은 들뜬 마음에 콧노래를 흥얼거리고 아내와 나는 영혼 없는 사람처럼 창밖만 쳐다봤다.

도착한 이온몰 테브라우점은 조호르바루의 대표 쇼핑몰로 우리나라 대형 쇼핑몰 이상의 크기이다. 그 안에 판페카가 있다. 두 딸의 진심 어린 노력으로 우리는 1등으로 들어갈 수 있었다. 여권 형태의 입장권을 주는데, 전 세계 지점이 있어서 여권 도장을 다 채우면 선물을 주는 시스템이었다. 무엇보다도 부모에게 가장 좋은 점은 2시간 사용이 아닌 전일 사용이 가능하며, 키즈카페를 나갔다가 다시 돌아와도 추가 입장료를 받지 않는 것이었다.

아이들과 놀다가 배가 고프면 중간에 나와 음식을 먹기도 하고, 아이들 장난감 쇼핑도 하다가 다시 키즈카페에서 놀면서 폐장 시간까지 있었다.

판페카는 몇 가지 영역으로 구성되어 있다. 유럽식 마을 안에는 야채 가게, 과일 가게, 꽃 가게 등 아이들이 직접 가게를 꾸미며 역할 놀이를 할 수 있었다. 둘째가 역할 놀이를 하자고 보챈다.

"손님~, 무엇을 사러 오셨나요?"

"흐음···. 오렌지 2개, 망고 3개요. 모두 얼마인가요?"

"만 오천 원이요."

"여기 오만 원이요."

"네 여기 거스름돈 있습니다."

우리 가족은 바람길 여행을 떠났다

"거스름돈이 맞지 않는데요? 오만 원 빼기 만 오천 원은 얼마죠?"

"음…. 오늘은 그냥 무료로 드릴게요."

둘째는 이렇게 도망간다.

한쪽에는 소방관, 경찰관, 공주 등 여러 옷이 있어서 자유롭게 입어볼 수 있었다. 첫째딸은 소방관 옷을 입고 나무 소방차에 타고 불을 끄러 다닌다고 난리다. 둘째딸은 공주 옷을 입고 거울 앞에서 다소곳한 표정과 동작으로 공주님 행세를 한다.

여러 공간들 중에서도 우리 아이들은 집짓기 영역을 좋아했는데, 나무로 만들어진 벽을 이어 붙이면 두 평 남짓의 집이 만들어진다. 집 안에 싱크대, 서랍장 등으로 인테리어를 하고 음식 모형을 놓으면 멋진 집이 완성된다. 두 딸은 자신만의 집을 꾸미고 자신만의 공간이 생긴 게 뿌듯한가 보다. 다른 공간에서 놀다가도 "아~, 조금 피곤하네~. 내 집에 가서 쉬어야겠다."라며 작은 집으로 돌아가 눕는다.

아이들을 위해 키즈카페에 간 거지만 다양한 외국 아이들과 함께 노는 경험을 주고 싶었던 것이 나와 아내의 마음이었다. 처음에는 생김새도 모습도 다른 외국 아이와 서먹하던 딸이었지만, 시간이 지나면서 같이 손동작·발동작하면서 미끄럼틀도 타고 역할 놀이도 하면서 놀이한다. 아이들은 처음 보는 아이들과도 금방 친해진다. 그 순수함이 부럽다.

　우리나라에서만 지내다 보면 외국인과 만날 기회가 적다. 그래서 외국을 나가면 현지인들이나 여행자 거리에 숙소를 잡는 편이고, 아이가 외국 사람들과 부딪칠 수 있도록 상황을 자주 만들려고 했다. 우리 아이들이 다양한 사람들과의 경험을 통해 타인을 이해하고 존중하는 밑거름이 되었으면 한다.

우리 가족은 바람길 여행을 떠났다

조호르바루 역

 싱가포르로 출발!(조호르바루 역)

조호르바루는 싱가포르와 맞닿아 있는 말레이시아 국경 도시이다. 불과 몇 km도 되지 않는 다리 하나만 건너면 싱가포르다. 조호르바루는 말레이시아에서 싱가포르로 가는 사람들과 싱가포르에서 말레이시아로 오는 사람들로 항상 붐빈다.

육로를 통해 싱가포르로 가는 방법은 택시, 버스, 기차다. 택시나 버스로 넘어가는 길은 짧지만 많은 사람이 오고 가니 항상 붐빈다.

5. 조호르바루(Johor Bahru)

거기에 출입국 과정까지 거치게 되면 5~10분이면 지나갈 수 있는 거리가 평일에는 몇 시간, 주말에는 거의 하루가 걸린다. 싱가포르로 넘어가는 교통 전쟁을 미리 안 우리는 일주일 전에 미리 기차표를 예매했다.

싱가포르로 넘어가면 살인적인 물가에 가난한 여행자로 돌아가기 때문에 이곳에서 생필품을 많이 구입하였다. 조호르바루 역 바로 앞에 큰 쇼핑몰(Johor Bahru City Square)이 있어서 간식이나 간편 조리 음식과 같은 먹거리, 여벌 옷, 칫솔이나 치약 같은 위생용품 등 만반의 준비를 했다.

"얘들아, 우리가 랑카위부터 조호르바루까지 말레이시아 위에서 맨 끝까지 여행한 거야. 840km라는 먼 거리를 여행한 거지."

당연히 1cm도 모르는 두 딸은 840km의 의미를 알 턱이 없었다.

"아빠! 그래서 유니버설 스튜디오는 언제 가는 거예요?"

"엄마! 거기도 한식 많아요? 미역국 먹고 싶어요!"

장거리 여행을 한 뿌듯함도 잠시 두 딸의 등쌀에 싱가포르 여행도 겁이 나기 시작했다.

출발 시각이 다가오고 플랫폼 게이트가 열렸다. 역무원에게 표를 내고 플랫폼으로 들어갔는데 생각보다 쾌적했다. 하지만 기차는 낡았다. 옛날 '통일호' 같았다. 짧은 거리니 오래된 기차가 문제

되지는 않을 것 같다. 오랜만에 낡은 기차를 타보니 오히려 정감이 들고 좋았다.

기차가 출발하고 다리를 건너간다.

"얘들아~, 기차 출발한다. 우리는 말레이시아에서 싱가포르로 넘어가는 거야. 다른 나라로 여행을 떠나는 거지. 창밖을 봐!"
라고 말을 하니 벌써 싱가포르에 도착했다.

기차는 싱가포르의 우드랜즈 열차 검문소(Woodlands Train Checkpoint) 역에 멈추었다. 사람들은 기차에서 내려 바쁘게 각자의 길을 나섰다. 생각보다 입국 심사도 간단해서 말레이시아에서 싱가포르로 넘어가는 데 몇 시간 걸리지 않았다. 어안이 벙벙한데 여기는 싱가포르란다.

구렁이 담 넘어가듯이 우리는 싱가포르에 도착했다.

싱가포르

Singapore

한 달 여행의 마지막 여정인 싱가포르다. 길쭉한 말레이시아 바로 밑에 위치한 싱가포르는 부산보다 작은 도시 국가이다. 작은 고추가 맵다고 하던가? 강인한 민족성의 이유일까? 싱가포르는 동남아시아에서 독보적으로 잘 사는 나라다. 해상 교통이 편리한 지리적 위치도 큰 역할을 한다. 세계적인 금융, 교통 등 경제와 무역 거래의 중심지로 성장하면서 부를 축적할 수 있었다.

아시아의 역사를 살펴보면 지리상 위치가 좋은 나라일수록 유럽 강대국의 먹잇감이 되었다. 싱가포르도 예외일 수 없어 1819년 이후 영국의 식민지가 되었다. 그 후 말레이시아에 속해 있다가 1965년에 분리하여 독립 국가가 되었다.

말레이시아처럼 싱가포르는 다양한 민족이 사는 나라이다. 대개 다민족 국가는 무슬림계, 인도계, 중국계 사람들이 모여 살면서 자연스럽게 독특한 문화를 만들었다. 싱가포르는 이와는 다르다. 국가의 주도하에 아랍 스트리트, 리틀 인디아를 개발하였다. 다양한 민족과 문화가 싱가포르에 어우러져 조화롭게 살아가고 있다.

싱가포르는 벌금이 세기로 유명하다. 길가에서 담배를 피우거나 침·껌을 뱉어도 벌금을 문다. 벌금의 가격도 몇 십만 원에서 몇 백만 원이기에 정신 차리고 여행 다녀야 한다(그런데 여행 다니면서 담배 피우는 사람, 침 뱉는 사람들을 봤으나 벌금을 무는 건 본 적이 없다).

우리 가족은 바람길 여행을 떠났다

또한 싱가포르 하면 높은 물가로 유명하다. 우리나라도 물가가 비싸 큰 차이가 나지는 않지만, 물가가 낮은 말레이시아에 익숙한 우리 가족은 싱가포르의 높은 물가 덕에 매일 계산기를 두들기며 버텨야 했다.

교통 체증을 억제하기 위해 자동차 총대수를 규제하는 제도인 COE^(Cer-tificate of Entitlrment)라는 등록세가 있다. 싱가포르에서 차를 사려면 COE 등록세를 내야 번호표를 발급받고 차를 살 수 있다. cc에 따라 30,000싱가포르달러^(약 2,600만 원)에서 40,000싱가포르달러^(약 3,500만 원)로 책정이 되며 유효기간은 10년이다. 등록세와 차 구입비를 합치면 약 1억 내외가 되기 때문에 차는 사치품이다. 강력한 규제 덕분에 싱가포르에는 교통 체증이 없고 공기 오염도 없는 쾌적함을 유지하고 있다.

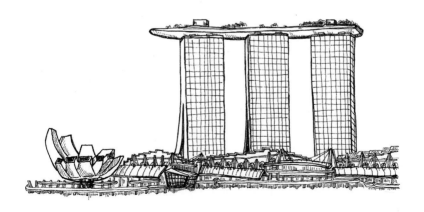

전체적으로 보면 싱가포르의 정책이 규제가 강하고 개인의 자유를 침해하는 것 같지만, 싱가포르인들의 만족도는 매우 높다. 싱가포르인들이 과한 정책에 익숙해서가 아니라 그만큼의 경제적인 보상과 여유로운 삶을 보장해 주기 때문이다. '이상과 현실 중 어느 것이 더 중요한가?'라는 물음을 갖게 되었다.

무거운 이야기를 떠나서 싱가포르는 작지만 있을 건 다 있다. 마치 고급 백화점과 만물상 같은 나라다. 세계적인 금융기관들과 기업들이 있는 세계 경제의 허브이다. 동물원, 멀라이언 파크, 미술관, 박물관 등 다양한 문화 공간이 있다. 세계적인 휴양지인 센토사 섬에 가면 유니버설 스튜디오, S.E.A 아쿠아리움, 어드벤처 코브 워터파크에서 신나게 하루를 보낼 수 있다. 또 실로소 비치, 탄종 비치에서 평온한 여유를 느낄 수 있다. 다양한 쇼핑몰과 먹거리가 있고, 수준급 호텔들이 즐비해 있기에 누구나 한 번쯤 와보고 싶어하는 나라다.

싱가포르는 팔색조처럼 매력이 가득한 나라다.

멀라이언 파크(Merlion Park)

 ## 싱가포르의 첫 여정은 도심지(The Civic) 부터

싱가포르 첫 시작은 멀라이언 파크(Merlion Park)부터였다. 래플스 플레이스 역(Raffles Place Station)을 나와 다리를 건너면 사람들로 북적이는 곳이 보인다.

"얘들아, 저기 봐! 사자가 물을 뿜어!"

"우와~, 저기 빨리 가 보자요!"

사자와 물고기의 형상을 한 멀라이언(Merlion)이 물을 뿜고 있었다.

"아빠, 얼굴은 사자인데 밑에는 물고기예요."

"처음 보는 동물이에요. 정말 있는 거에요?"

"아니. 사자와 물고기 형상을 한 멀라이언이라는 상상의 동물이야. 싱가포르 대표 캐릭터야."

싱가포르 여행자들이라면 한번씩을 거친다는 이곳은 아침부터 사람들로 가득하다.

멀라이언 앞에서 사진을 찍기보다 건너편에서 멀라이언과 함께 재미있는 포즈로 찍는다. 우리도 그들처럼 멀라이언이 뿜는 물을 받아먹는 포즈나 손바닥으로 멀라이언을 받치는 인증샷을 찍었다.

"아빠, 물먹는 하마 같아."

까르륵 웃는 아이와 함께 환하게 가족 사진을 찍었다.

"오늘도 아빠가 하고 싶은 거 해도 될까?"

"또 건물 보러 다닐 거에요?"

첫째가 '건물'이라고 하니 내가 부동산업자 같다. '옛 건축물'인데….

"'또'라니. 쿠알라룸푸르 빼면 처음이잖아."

"힝~! 힘든데…."

"그래도 여행 왔으니 함께 걸어가야지. 내가 하고 싶은 것만 할 수 없어!"

아내의 말에 아이들이 수긍한다. 역시! 우리 아내! 파이팅! 그나

저나 적재적소에 음료나 간식으로 꾀어야 하는데 싱가포르 물가가
비싸 전략적으로 생각해야 한다.

　래플스 플레이스 역에서 시티홀 역 사이는 근대 건축 유산으로
가득하다. 19세기에 지어진 래플스 호텔(Raffles Hotel)은 싱가포르를
건국한 래플스(Raffles) 경의 이름을 딴 영국식 호텔이다. 호텔만 보
면 19세기의 런던 한복판에 있는 착각이 든다. 멀라이언 파크 근
처 플러턴 호텔(Fullertion Hotel)은 1928년이 지어졌다. 전체적 외관이
그리스의 신전을 생각나게 하는 건물로, 멀라이언과 함께 바라보

래플스 호텔(Raffles Hotel)

카베나 다리(Cavenagh Bridge)

면 신전을 지키는 멀라이언이 입에서 성수를 내뿜는 듯한 신화 속

한 장면 같다. 플러턴 호텔 근처에는 카베나 다리(Cavenagh Bridge)가

있다. 강 끝에 기둥을 세워 철 구조물로 엮은 다리인데, 아담한 크

기이고 사람과 자전거만 지나다닐 수 있다.

　"우리 다리에 가 보자."

　"우와~! 바람이 시원해요!"

　"날도 맑고 공기도 깨끗하고 시원한 바람도 좋다."

　우리는 다리 중간에서 상쾌한 강바람을 느끼며 오가는 사람들을

바라본다.

우리 가족은 바람길 여행을 떠났다

아시아 문명 박물관(Asian Civilisations Museum)

조금 더 걷다 보면 여러 박물관과 전시관이 있어서 역사와 문화
에 관심 있는 이들의 발길을 멈추게 한다.

아시아 문명 박물관(Asian Civilisations Museum)은 여러 문화 교류의
중심지인 싱가포르답게 동남아시아를 비롯하여 서아시아, 남아시
아 등 아시아 문명의 발자취를 보여 준다. 내셔널 갤러리(National
Gallery)는 규모가 대단한데 수많은 미술품을 보관·전시하고 있다.
싱가포르 국립 박물관(Natioal Museum of Singapore)에서 싱가포르의 역사
를 찾아볼 수도 있다. 우리는 아시아 문명박물관을 갔다. 우리나라
에서는 동남아시아의 문화와 역사를 볼 수 있는 공간이 드물기에

아이들도 나도 전체적인 아시아권의 문화와 역사를 살펴보며 아시아인의 정체성을 생각해 보았다. 래플스 플레이스 주변에는 다양한 조각품들이 있다. 강가를 따라 길을 걷다 보면 강으로 뛰어드는 아이들의 모습을 표현한 조각품, 옆으로 늘여놓은 듯한 과장된 새 조각품 등 예술 작품을 보는 것도 하나의 재미다.

"아빠, 여기서 찍어줘요!"

둘째는 새 조각품이 마음에 들었나 보다. 조각품 앞에서 '브이' 표시를 하는 아이들의 눈에는 예술 작품이 캐릭터 모형 같나 보다.

우리 가족은 바람길 여행을 떠났다

도심지에서 우리 가족이 제일 좋아했던 장소는 멀라이언 파크에서 아시아 문명박물관을 가는 길에 있는 작은 공원이었다.

"맨발로 걸어봐요."

아내의 제안에 우리는 신발을 양손에 쥐고 발의 촉감을 느끼며 걷는다. 푸른 잔디와 적당한 흙에서 나는 내음을 맡으며 맨발로 걸어 다니면 도심 속 자연에 녹아들 수 있다. 근처 작은 공방에서 젊은 예술가들이 연주하는 곡에 맞추어 어깨를 흔들어본다.

"아빠, 저기 봐요. 나무가 있어요. 놀이턴가?"

첫째의 가리키는 손을 따라가 보았다. 나무 토막 몇 개와 나무

Esplanade Park Children's Park

그루터기가 놓여 있고 씨름장처럼 모래밭이 있는 공간이 보였다. 물어보니 놀이터란다. 놀이터? 미끄럼틀은? 시소는? 그네는? 우리가 흔히 보는 정형된 놀이터가 아니었다.

"여기 놀이터 맞대. 근데 뭐 갖고 놀지?"

아이들은 이미 놀이터에서 물을 담아 모래를 갖고 성을 만들고 그루터기에서 캐릭터로 빙의하여 콩트를 한다. 나무 토막 몇 개를 놓더니 여기는 일류 호텔이란다. 문득 다큐멘터리에서 본 내용이 생각났다. 우리나라의 놀이터는 정형화되고 놀이 방법이 정해져 아이들의 상상력과 창의성을 자극하기 어렵다면서 아이들이 매일 새롭게 놀이를 만들어나갈 수 있는 나무 토막과 그루터기를 아무 곳이나 놓아둔 놀이터를 제안하였다. 아이들이 이곳에서 놀이를 만들며 노는 모습을 보면서 그 의미를 체감할 수 있었다.

"아빠의 싱가포르 여행 목적은 끝! 이제 너희들이 하고 싶은 거 해!"

"와~! 그럼 유니버설 스튜디오로 가는 거죠?"

역시 어디를 가나 놀이 공원, 수영장은 필수다.

싱가포르 지하철 역

 물가, 해도 해도 너무하다

세계 물가 1위, 싱가포르

어느 정도의 물가일까 했는데 생각보다 비쌌다.

우리나라와 비교하면 그리 크게 차이 나지 않지만, 동남아시아를 주로 여행했던 우리에게는 싱가포르 물가에 얇은 지갑이 더 얇아졌다. 말레이시아에서 한식을 먹을 정도로 여유 있게 다녔던 우리에게 싱가포르의 물가는 훨씬 크게 느껴졌다.

우선 숙박비가 비쌌다. 1박에 15만 원의 거금을 들여 잡은 호텔은 싱글 침대 2개와 방 안에 반투명 유리벽으로 만든 간이 화장실이 다였다(말이 호텔이지 게스트 하우스의 싱글 룸 정도다). 12월이라 그나마 저렴한 거라고 했다. 이 가격에 말레이시아라면 오션뷰의 리조트에서 묵을 수 있다.

음식도 보통 서울 식당 물가라 장기 여행자에게는 부담이었다. 조호르바루에서 산 라면이나 햇반을 먹거나 밖에서는 2종류의 음식만 시켜 네 명이 나누어 먹었다. 이럴 땐 왠지 서럽다.

박물관이나 미술관은 꼭 가려고 하는 편인데 비싼 가격에 망설이게 된다. 싱가포르 국립 박물관은 15달러(약 13,000원), 국립 미술관은 20달러(약 18,000원)이니 4인 가족 기준으로는 큰 돈이다. 그런데 싱가포르 국민에게는 입장료가 무료고 외국인에게만 받는다. 여행자를 차별하는 것 같아 서운했다. 한국의 박물관과 미술관은 내국인, 외국인 상관없이 무료 입장도 많고 입장료도 비싸지 않아 열려 있는 공간이지만 싱가포르는 문화 생활하기도 쉽지 않은 나라다.

여행의 종반부가 되면서 몸도 마음도 지친 상태에 싱가포르의 물가까지 더해져 움츠리게 했다. '말레이시아에 더 있다 올 걸. 싱가포르는 괜히 왔어.'라는 생각까지 들었다.

지금 돌이켜 보면 싱가포르는 잘 다녀온 것 같다. 언제 또 싱가포르에 가겠는가? 여행 막바지라 지갑 사정이 여의치 않아 물가에 예민했고 주변을 보지 못한 탓이었다. 싱가포르는 깨끗하면서도 정감 있는 곳이 많았다. 작은 도시임에도 불구하고 문화, 경제, 자연이 두루 잘 갖춰져 있다. 중국계, 인도계 등 다양한 문화와 민족이 살지만 서로의 문화를 존중하고 배려하는 너그러운 민족성을 보였다. 화려한 도시이자 사람 냄새 가득한 곳이었다. 돌아와 보니 돈 때문에 두루 보지 못한 것이 아쉬웠다.

돈을 써야 할 때는 써야 하는데 말이다.

이렇게 후회해도 또다시 외국에 나가면 씀씀이에 예민할 것이다. 짠돌이라 그런 것은 아니다. 돈을 아끼면 아낄수록 여행할 수 있는 날이 늘어나기 때문이다. 그래서 우리는 앞으로도 가난한 여행자일 것이다.

우리의 삶과 닮은 차이나타운(Chinatown)

　싱가포르 여행의 시작과 끝은 차이나타운이었다. 차이나타운 역 근처에 숙소를 잡았는데 접근성이 편리했다. 30분 정도 산책하면 멀라이언 파크까지 갈 수 있다. 대형 슈퍼마켓이 있어 생필품을 사기에 좋았고 지하철 역과 버스 정류장이 많아 교통이 편리했다. 근처 여행사에서 유니버설 스튜디오를 비롯한 놀이 공원, 박물관, 전시관 티켓을 저렴하게 구할 수 있다. 무엇보다도 차이나타운을 택한 것은 익숙함이었다. 차이나타운은 대부분의 여행지에 있기에 안정이 된다. 다양한 먹거리는 우리 입맛에 맞아 부담이 없다.

매번 그러하듯이 숙소에 짐을 풀고 근처를 산책한다. 어두워진 거리에는 조명이 하나둘씩 켜진다. 홍등과 함께 펼쳐진 붉은 물결과 폭죽, 사자 놀음을 보면서 차이나타운의 생동감에 빠진다.

"아빠, 이제 어디 가요?"

"몰라. 그냥 걸으면서 구경하자!"

목적지를 정하기보다 발길 가는 대로 걷는다. 기념품 상점이 줄지어 있다. 두 딸의 눈이 커지고 나를 쳐다본다. 구경하자는 암묵적 신호.

"우리 가게 들어가서 기념품 구경할까?"

"좋아요!"

아이들의 마음을 먼저 알아주었더니 아빠의 신뢰 포인트가 하나 더 쌓였다. 기념품 가게는 제주도 기념품 가게와 비슷하다. 차이는 한라산, 귤 캐릭터 대신 싱가포르 국기, 멀라이언이다. 이곳의 기념품은 저렴한 가격이었다(열쇠고리 3개에 1~2 싱가포르 달러로 구입할 수 있다). 우리는 기념품 가게에서 열쇠고리, 병따개 등 지인들에게 선물할 기념품을 한가득 샀다. 그런데 생각해 보니 기념품 품목이 우리나라랑 별다를 게 없다. 열쇠고리, 병따개, 손수건, 팔찌 등. 거기에 뒷면에는 'made in china(중국산)'라고 적혀 있다. 우리나라도 대부분 'made in china'인데….

차이나타운 헤리티지 센터(China town Heritage Center)

기념품 쇼핑을 마치고 길을 걷다 보니 '차이나타운 헤리티지 센터(China town Heritage Center)'가 보인다.

"여긴 그냥 지나칠 수 없지. 들어가 보자!"

"여기는 뭐 하는 곳이에요?"

"싱가포르 차이나타운의 역사에 대해 볼 수 있는 전시관인 것 같아."

"그럼 박물관이에요? 재미없는데."

그래도 아이들을 데리고 들어갔다. 다시는 올 수 없는 곳이기도 하고, 왔는데 뭐라도 하나 배워가야 한다는 부모의 마음이었다.

우리 가족은 바람길 여행을 떠났다

이곳은 1950년대의 싱가포르의 생활을 그대로 전시해 놓았다. 나무 테이블에 놓여 있는 그릇과 알록달록한 유리컵, 대나무 바구니를 보며 그 시절 요리를 하던 주방의 모습이 그려졌다. 다른 곳은 옛날식 재봉틀과 함께 꽃무늬 천이 놓여 있었다. 아마 꽃무늬 커튼 아니면 이불을 만들려고 했으리라. 1950년대의 싱가포르 일반 가정의 모습을 재현해 놓았지만 나는 왕가위 감독의 영화 〈아비정전〉, 〈중경삼림〉의 한 장면을 보는 듯했다.

화려한 차이나타운을 벗어나 위쪽으로 걸어간다. 걷다 보니 멀리서 4~5층은 되어 보이는 절이 있다. 절을 찾아 길을 나섰다. '불아사(Buddha Tooth Relic Temple)'이다.

불아사(Buddha Tooth Relic Temple)

"우와~, 절이 엄청나게 커요!"

"그러게. 우리나라랑 다르다."

우리나라 절은 단층의 여러 건물로 되어 있어서 산속에 품어 있는 자연스러움이 느껴진다면 싱가포르의 '불아사'는 길 한복판에 지어진 4층 자리 절로 웅장함이 느껴진다. 절 안으로 들어가니 사방이 화려하다.

"엄청 반짝반짝 거리고 눈이 부셔요."

"아빠! 금이 엄청 많은가 봐요."

절의 외부는 웅장함이었다면 내부는 화려함의 극치이다. 가운데는 커다란 황금빛 불상이 자리를 잡고 벽에는 작은 금빛 불상이 빼곡히 놓여 있다. 붉은 내벽과 황금빛이 눈이 아플 정도이다.

"얘들아, 1층은 법회를 드리는 곳인가 봐."

"법회가 뭐에요?"

"예배같은 거야."

절에 익숙지 않은 아이들에게 아이들의 시선으로 설명해 주고 싶은데 쉽지 않다. 불아사(Buddha Tooth Relic Temple)는 부처님의 치아를 모신 불교 사원이다. 2, 3층의 불교 박물관을 관람하고 4층으로 올라갔다. 4층은 중간에 유리창으로 전체를 막아 놓아 안으로 들어가지 못하게 되어 있었다. 유리창 건너로 거대한 황금빛 사리탑이

우리 가족은 바람길 여행을 떠났다

이 세상 물건이 아닌 것 같다.

"금이 320kg이나 사용되었대."

머릿속으로 금 시세를 따지고 있는데,

"320kg이 뭐예요?"

라고 첫째가 묻는다.

"음…. 아빠 5명을 다 금으로 만들었다고 생각하면 돼."

"엄청 무겁겠네요!"

나는 돈으로 생각하고, 아이는 단지 무게로 생각한다. 물욕에 취한 나를 반성한다.

차이나타운에는 힌두교 사원도 있다. 스리 마리암만 사원(Sri Mariamman Temple)으로 1820년대에 세워진 힌두교 사원이다. 마리암만은 전염병과 질병을 치료해주는 보호의 여신이라고 한다. 차이나타운이 생기기 이전 인도인들이 이곳에 정착하며 지은 사원이다. 리틀 인디아가 조성되면서 인도인들이 그곳으로 이주했지만, 스리 마리암만 사원만은 아직도 차이나타운 안에 터줏대감으로 지키고 있다. 차이나타운에 힌두교 사원만 홀로 있으니 왠지 쓸쓸해 보인다.

불아사를 뒤로 하고 식당을 찾아 나섰다. 늦은 밤인데도 식당가는 사람들로 가득하다. 어디가 맛집인지 모르니 사람이 많은 곳으

　로 찾아 들어갔다. 볶음밥, 모닝글로리, 이름 모를 생선 튀김을 시켜 허겁지겁 먹고, 나는 시원한 맥주 한 잔으로 오늘을 마무리한다.

　차이나타운은 싱가포르 서민의 삶을 가깝게 들여다볼 수 있는 곳이었다. 동대문 상가처럼 현지인들과 함께 좌판에 펼쳐진 옷을 구경하기도 하고, 길거리 노점상에서 꼬치를 사 들고 시장 구경을 한다. 아주머니들이 장을 보고 아이는 입에 사탕을 물고 엄마 손을 잡고 걸어간다. 한쪽에는 아저씨들이 모여 차를 마시면서 무엇인지 모를 게임을 하고 있다.

　차이나타운은 우리의 모습과 같은 친근함이 느껴지는 곳이었다.

우리 가족은 바람길 여행을 떠났다

먹어는 봤니? 야쿤 카야토스트

싱가포르에서 머문 숙소는 비싼 가격인데도 조식을 주지 않는다. 예의상 시리얼, 토스트, 오렌지 주스는 조식으로 제공할 줄 알았는데, 박한 싱가포르다.

"아빠~, 배고파요."

아침에 눈 뜨면 새끼 새처럼 배고프다고 지저귄다.

아침은 비교적 간단히 먹기에 주스에 토스트 정도면 된다. 숙소에 묵고 있는 사람에게 물어보니 야쿤 카야토스트 본점이 근처에 있으니 꼭 가보라고 추천한다.

"얘들아, 근처에 카야토스트가 있다는데 주스랑 같이 먹을래?"

"망고 주스 있어요?"

망고 마니아인 첫째는 어딜 가나 망고 주스다.

"그건 잘 모르겠어. 어떻게 할까?"

"카야가 뭐에요?"

"코코넛이랑 달걀이랑 몇 가지 재료를 넣고 만든 잼이래. 토스트에 캬야잼을 발라 먹는 건데 무슨 맛인지는 모르겠어."

"그래도 배고프니까 가요."

야쿤 카야토스트(Yakun Kaya Toast) 본점

우리 가족은 바람길 여행을 떠났다

다행히 세 여인께서 허락을 해주셔서 카야토스트 본점을 찾아 나선다. 본점? 본점이면 유명하다는 건대. 구글을 검색해 보니 세계적으로 유명한 식당이었다. 예상치 못한 행운이다. 아침을 먹으러 집을 나선다. 하늘은 새파랗고 공기가 맑다. 차가 다니는데도 매연이 나오지 않을 것 같은 착각이 들 정도다. 싱가포르의 내음을 맡으며 10분 정도 걷다 보니 노란색 건물이 보였다. 세계적으로 유명한 야쿤 카야토스트(Yakun Kaya Toast) 본점이다. 아침 7시인데도 사람들로 북적인다. 들어가 보니 외벽만 새롭게 칠했을 뿐 안은 낡은 테이블과 의자, 앤티크한 커피잔, 접시 등 물건 하나하나가 오랜 세월 동안 사람 때가 묻어 정겨움이 있었다.

"각자 먹고 싶은 거 시키자!"

우리도 구석에 앉아 카야토스트와 코피(KOPI, 카야토스트식 커피), 수란을 시켰다. 바싹 구운 빵에 카야잼을 찍어 먹으니 꿀처럼 달콤하고 고소한 맛이 일품이다. 코피는 카야잼을 넣은 커피인데, 진한 커피의 쓴맛을 달콤한 카야잼이 잡아주어 눈이 번쩍 뜨이는 맛이었다. 수란은 노른자에 간장을 살짝 뿌려 저은 후 먹는데, 보통 카야토스트에 수란을 찍어 먹는다. 카야토스트의 달콤함과 수란의 고소하고 비린 맛이 의외로 궁합이 맞다.

"얘들아 어때?"

"맛있어요! 더 먹고 싶어요!"

"그래, 토스트 더 시키자!"

2~3,000원의 저렴한 가격이기에 부담 없이 즐길 수 있었다. 그 후로도 싱가포르에서는 아침은 이곳에서 해결하였다. 가격과 맛도 좋았지만, 밥을 먹으면서 보는 일상의 모습이 좋았다.

출근, 등교하기 전에 가족들이 간단히 식사하는 모습, 정장을 입은 직장인들이 따뜻한 커피 한 잔으로 아침을 준비하는 모습. 어디나 사는 모습은 다들 비슷한 것 같다. 그들을 보자니 1950년대에는 토스트와 독한 커피로 기운을 차리고 바닷일을 떠나는 일꾼들의 모습이 겹쳐졌다.

"자. 우리도 이제 우리 일하러 갈까?"

"우리가 무슨 일을 해요? 여행하러 왔잖아요!"

"여행이 우리에게 있어서 가장 중요한 일이지! 오늘도 최선을 다해 일하자고!

우리 가족은 바람길 여행을 떠났다

여담이지만, 야쿤 카야토스트는 1940년대 차이나타운에서 카야 잼을 바른 토스트에 수란을 찍어 먹는 것으로 시작되었다. 약 80년의 역사를 간직하고 있는 유서 깊은 음식이자 싱가포르의 대표 음식 중 하나가 되었다. 싱가포르 각지에 체인점이 있어서 어딜 가나 카야토스트 간판을 볼 수 있다. 차이나타운 본점에서는 여전히 전통적 맛을 음미할 수 있지만, 지점이 많다 보니 맛이 획일화되고 패스트푸드의 느낌이 들어 아쉬움이 있다.

싱가포르의 합리적인 푸드 코트!
맥스웰 푸드 센터(Maxwell Food Center)

"아~, 배고파!"

"배고파요, 밥 언제 먹어요?"

배꼽 시계가 정시를 가리킨다. 배꼽 시계는 시차 적응도 필요 없나 보다. 밥 먹을 때가 되면 기가 막히게 알려준다. 명품 시계보다 정확도가 높다.

여행에서 볼거리 · 즐길 거리도 중요하지만, 무엇보다 먹거리가 우선이다. 배고프다는 가족들의 원성에 근처 식당을 급하게 찾아본다. 급할 때는 꼭 잘 찾아지지 않는다. 불아사 건너편에 축구장 반 이상 크기의 노점상에서 불빛이 흘러나온다. '야시장인가?'하고 검색해 보니 식당가였다. '됐다! 찾았다!' 안도의 한숨을 쉬고 그곳으로 달려갔다. '맥스웰 푸드 센터(Maxwell Food Center)'라고 적혀 있었다. 확인해 보니 이곳은 호커센터였다.

호커센터는 일종의 푸드코트이다. 정부에서 교통이 편리한 중심지에 계획적으로 지역을 정하였는데, 싱가포르에는 100여 개의 호커센터가 있다. 이곳은 임대료가 싸서 음식 가격이 저렴한 편이다. 다양한 음식점에 저렴한 가격! 당연히 이곳은 야쿤 카야토스트와

맥스웰 푸드 센터(Maxwell Food Center)

더불어 우리 가족의 주된 식당이 되었다.

임대료가 싼 대신에 시설은 기대에 못 미친다. 우리네 오일장처럼 커다란 지붕 아래에 푸드 코트가 있고 열려 있는 구조라 에어컨은 없다. 천장에 선풍기가 있지만 미세한 바람만 일으켜 차라리 장식품이라고 말하는 게 나을 정도다. 일반 식당처럼 쾌적함과 깨끗함은 포기하는 게 마음에 편하다. 가끔 검은 물체가 이리저리 급하게 다니는데…, 바로 '쥐'다. 그래도 나는 이곳이 마음에 들었다. 싱가포르 현지 서민들로 붐비는 이곳에서 그들의 삶과 함께하는 것이 좋았다. 약간은 쾌적하지 못할 수 있지만, 홍콩·대만 영화에서 보던 공간과 비슷해 영화 속 한 장면 같았다.

"자~, 우리도 각자 먹고 싶은 걸 골라볼까?"

"아빠~, 다 처음 보는 거에요. 어떤 게 맛있어요?"

"한국 음식은 없어요?"

두 딸은 서로 먹고 싶은 음식을 찾아보며 둘러본다. 100여 개의 식당이 있어 먹을거리가 넘친다. 태국, 중국, 한국, 싱가포르식 음식 등 다양한 나라의 음식점이 있어서 편식할 일은 없다. 여러 종류의 디저트와 음료를 판매하고 있어서 밥을 먹고 후식을 고르는 재미도 있다.

첫째는

"이건 어떤 음식이에요? 저건 처음 보는 것 같아요. 안 먹어본 거 먹어봐야지~."

둘째는

"한식은 없어요? 흰쌀밥에 김 싸 먹으면 좋겠어요."

라고 한다.

같은 자식인데도 첫째는 모험심이 강하고, 둘째는 안정성을 추구한다. 첫째는 아내와 닮았고, 둘째는 나와 닮았다. 우리는 완탕미(중국식 만두가 든 국수), 새우 국수(새우가 들어간 진한 육수가 일품인 국수), 태국식 볶음밥(누구에게 익숙한 맛의 볶음밥), 돌솥비빔밥을 시켰다. 우리 가족의 서로 다른 음식 취향을 이곳에서 해결할 수 있었다. 후식으로 아내와 아이들은 생과일 주스를 마시고, 나는 병맥주를 마시면서 하루를 마무리할 수 있었다(싱가포르는 맥줏값이 비싼데 여기는 저렴하다).

이곳의 다양한 음식 중에서 당연 1위는 치킨라이스이다. 잘 지은 밥 위에 익히거나 구운 닭고기를 얹어 먹는데, 담백하고 건강한 맛이다. 더운 날씨에 지친 몸을 보양해 주는 닭백숙 같다. 맥스웰 푸드 센터의 '티엔티엔 하이나니스 치킨라이스(Tian Tiam Chicken Rice)'가 싱가포르 치킨라이스의 성지로 국내외 언론에도 자주 소개된 곳이다. 맛은 정말 일품이고 가격도 저렴하다. 온종일 사람들이 오기 때문에 기본 10분 정도는 줄을 서야 한다.

값비싼 물가의 싱가포르이지만 호커센터 덕분에 주머니가 가벼운 사람들도 부담 없이 한 끼를 해결할 수 있다. 이를 정부에서 주도한 점이 인상 깊었다. 그리고 우리나라를 생각하게 되었다. 매년 상가 임대료는 올라가고, 골목 식당들은 어쩔 수 없이 음식 가격을 올리고, 서민들은 비싼 가격에 외식을 줄이고, 손님이 적어진 골목 식당은 폐업하여 결국 프랜차이즈만 살아 남는 현실…. 이 악순환을 끊고 싱가포르처럼 상생의 방향으로 흘러갈 수는 없을까?

국민들의 삶을 배려하는 싱가포르가 부럽게 느껴지는 순간이었다.

형형색색의 역동적인 리틀 인디아(Little India)

역에 도착해서 밖으로 나왔다. 나오자마자 주변은 빨강, 주황, 노랑, 초록 등 원색의 향연이다. 알록달록 원색으로 칠해진 건물들은 촌스럽기보다는 조화롭다. 노점상에는 사원에 바칠 형형색색의 과일과 꽃이 놓여 있고 향신료의 진한 내음이 사방에 흩날리고 있었다. 인도가 아닌가 하는 착각이 들 정도다. 리틀 인디아의 첫인상이다.

우리 가족은 바람길 여행을 떠났다

"여기 인도 같아요."

라는 첫째의 말에

"너, 인도 가본 적 없잖아?"

라고 되물었더니

"안 가봐도 알 수 있어요. 책이나 텔레비전에서 볼 수 있잖아요!"

라며 되받아친다.

아이가 많이 컸다. 여행이 아이의 성장에 도움을 주었겠지?

밝은 원색의 모습처럼 이곳의 분위기는 밝고 경쾌하다. 울긋불긋한 사리(인도식 여성복)에 화려한 장신구를 걸친 인도 여인의 강렬함과 베이지색에 황금 자수가 들어간 꾸르따 삐자마(인도식 남성복)을 입은 사람들의 모습은 여기가 싱가포르인지 인도인지 헷갈리게 한다. 상점에서 나오는 밝은 인도 음악에 맞추어 춤을 추는 사람들이 보인다. 둘째도 음악에 맞추어 소심하게 어깨와 엉덩이를 흔든다. 자유롭고 날 것 그대로의 아름다움이다. 인도 문화이기에 가능하다.

인도인들이 싱가포르에 정착하기 시작한 것은 19세기 무렵이다. 인도에서 일자리를 구하지 못해 이곳으로 오기 시작했다. 처음에는 차이나타운 근처에 자리를 잡고 중국인들과 함께 살아갔다(아직도 차이나타운에 가보면 스리 마리암만 사원이 있다). 그 후 차이나타운이 중국인

리틀 인디아 상점

거주 공간으로 자리 잡으면서 인도인들은 현재의 리틀 인디아로 이주하여 그들의 삶을 이어가고 있다.

우리는 먼저 '스리 비라마칼리암만 사원(Sri Veeramakliamman Temple)'을 방문했다. 리틀 인디아 중심에 위치한 사원답게 발 디딜 틈이 없을 정도로 사람들로 붐볐다. 간단하게 훑어보고 나가려고 했는데,

우리 가족은 바람길 여행을 떠났다

우람한 사제가 문을 잠그고 밖으로 못 나가게 사람들을 막는다.

"어? 왜 못 나가게 하지?"

"우리 갇힌 거예요?"

"우리 잡힌 거예요?"

갑자기 불안했다. 혹시 우리가 잘못한 게 있나? 힌두교로 강제 개종을 시키려고 하는 건가? 혐한인가? 별의별 생각을 하고 있었는데 인도자로 보이는 사제가 빨강, 주황 가루를 얼굴에 찍은 후 진흙물을 신을 형상화한 조각상에 부으며 기도를 한다. 사람들도 따라 기도하며 주문을 외운다. 금속 타악기의 연주가 점점 크게 흐르다가 절정에서 멈춘다. 사제는 기도하는 신도들에게 빨강이나 주황 가루를 이마에 찍어주며 의식이 끝났다. 문이 다시 열리고 아무렇지 않게 사람들이 들어오고 나간다. 점심 의식을 하느라 문을 닫고 예배 시간 동안 입장을 통제한 것이었다. '휴~ 다행이다.' 속으로 생각하며 또 갇힐까 봐 얼른 밖으로 나왔다.

외곽에 있는 스리 스리니바사 페루말 사원(Sri Srinivasa Perumal Temple)은 비슈누(유지를 관장하는 신)를 모신다. 스리 비라마칼리암만 사원에 비해 조용하고 정결한 느낌이었는데, 같은 힌두 사원이라도 신에 따라 느낌이 달랐다. 이 사원은 타이푸삼(Thaipisam)이 시작되는 곳이다. 타이푸삼은 속죄의 고행을 체험하는 축제이다. 이 축제에서는 자신에게 고통을 주면서 죄를 뉘우치고 참회를 한다고 한다.

리틀 인디아는 구석구석 골목길 탐방도 재미있다. 골목길을 따라 늘어선 금색, 은색 장식품으로 치장된 지갑과 가방 가게를 구경하니 여주인이 나와서 호객 행위를 한다. 이거 진짜 금으로 만든 팔찌라고 나한테 특별히 싸게 판단다. 가격을 물어보니 말도 안 되는 저렴한 금값이다. 당연히 가짜다. 무시하고 발걸음을 옮기면 가격이 또 내려간다. 그마저도 무시하면 무슨 말인지는 몰라도 나를 욕하는 말인 것 같다. 인도 특유의 문화이겠거니 하고 넘어간다. 화를 내봤자 나만 손해고, 다시 따지러 가면 여주인의 전략에 말려 물건을 사게 될 확률이 높다. DVD 가게 앞 낡은 텔레비전에서 흘러나오는 인도 뮤직비디오나 발리우드 영화에 잠깐 빠지는 것도 좋다.

"이제 어디 가요?"

"무스타파 센터에 갈거야."

"왜 가요?"

"여기서 가장 유명한 쇼핑몰이래. 아주 커다란 다이소라고 생각하면 돼."

무스타파 센터(Mustafa Center)는 리틀 인디아의 대표적인 쇼핑몰이다. 백화점과는 달리 이곳은 만물상 같다. 특이하게도 2명이 간신히 지나다닐 만한 복도 사이로 수만 가지의 물건들이 진열되어 있다. 생필품부터 먹거리, 가전제품 등 없는 게 없다. 가격도 저렴하다. 물건이 질서 정연하게 정리되어 있지 않기 때문에 발품을 팔면서 물건을 잘 찾아야 한다. 좁은 길에 인도 사람들과 부딪히면서 미안하다는 눈빛을 주고받을 때에는 짜증나기보다는 친근함이 느껴지는 특이한 경험이었다.

한참을 걸었더니 지치고 갈증이 났다. 근처 주스 가게에 들러

무스타파 센터(Mustafa Center)

망고 라시(lassi : 인도식 요구르트에 물과 망고, 설탕, 얼음을 넣고 갈아 만든 인도식 스무디)
를 마시면서 다시 힘을 내 인도 사람들 속으로 들어간다.

　리틀 인디아는 번잡스러우면서도 정돈되어 있지 않고 산만한 분
위기처럼 보일지도 모른다. 하지만 한 발 물러서서 전체적으로 보
면 잘 조화된 신비로움을 간직한 매력적인 곳이다.

세인트 앤드류 성당(ST Andrew's Catherdal)

 세인트 앤드류 성당(St. Andrew's Catherdal)에서
쉼을 찾다

시티홀 역에 내려 밖으로 나가자마자 순백의 성당이 우리를 맞이하고 있었다. 외벽은 하얗고 지붕은 까맣다. 흰색과 검은색만으로 칠해져 단조로울 것 같았지만 오히려 간결하고 순수의 미가 느껴졌다.

"아빠, 알까기 돌 같아요!"

성당을 본 첫째의 감상평이다. 최근 아이들과 알까기를 했더니 아이의 눈으로는 성당이 흰 돌과 검은 돌의 바둑돌로 비쳤나 보다.

마침 오늘은 미사가 있는 날이었다. 성당에 도착했을 때 미사가 막 끝이나 신자들이 하나둘씩 나오고 있었다. 신자들은 서로의 안부를 묻기도 하고, 세상일에 힘들어하는 신자들을 위해 손을 잡고 기도하고 있었다. 왠지 마음이 따뜻해졌다.

한쪽에서는 아이들과 선생님이 성경 공부를 하고 있었다. 몇몇 아이들은 성경 공부보다 친구들과 노는 것이 좋은지 수다를 떨거나 잔디밭에서 뛰어놀고 있었다.

"쟤네 성경 공부 안 하고 딴짓해요!"

둘째가 나에게 이른다.

"해령이도 교회에서 딴짓하는 거 아니야?"

"아니에요!"

라고 말하지만, 눈빛이 흔들린다.

사시사철 온화한 싱가포르답게 식당도 바깥에 있다. 마치 야외 결혼식 피로연장 같다. 야외에 마련된 간이 주방에서는 점심을 준비하는 손길이 분주하다. 신자들이 점심 봉사를 할 텐데 얼굴에는

우리 가족은 바람길 여행을 떠났다

힘든 기색이 없다. 음식을 정성스레 만들어 신자들과 함께 한 끼 나누는 데 대한 행복이 느껴졌다.

성당 근처 공원에서는 젊은이들이 삼삼오오 모여 소풍을 즐기고 있었다. 돗자리에 앉아 근처 노점에서 주전부리를 사서 나누어 먹는다. 뭐가 그리 재미있는지 웃고 떠드느라 밥을 먹는 둥 마는 둥 한다. 한편에서는 한 친구가 기타를 치면 같이 따라 부른다. 공터에서는 중고등학생으로 보이는 아이들이 케이팝에 맞추어 춤을 춘다. 여자들끼리 소풍하러 온 무리는 한 친구의 이야기를 심각하게 듣고 있다. 연애 이야기가 아닐까 하는 추측을 해 본다. 이어폰을 나누어 끼고 두 손을 꼭 잡은 채 서로를 바라보는 연인들을 보며 아내와의 연애 시절을 떠올려 본다.

세인트 앤드류 성당(St. Andrew's Catherdal)에서 사람들의 모습을 보며 평범한 일상이야말로 아름다운 삶의 모습이 아닐까 하는 생각이 든다. 아무리 유서 깊고 유명한 건축물일지라도 그 자체로는 죽어 있는 거나 다름이 없다. 결국 그 속에 살아가는 이들의 삶이 더해져야 가치 있게 되는 것이다.

아랍 스트리트(Arab Street)에서
무슬림의 삶을 들여다보다

부기스 역에서 조금만 걸어가면 멀리서도 우뚝 솟은 돔이 보인다. 황금빛 돔은 햇빛을 받아 주변을 밝게 비춘다. 황금빛 돔의 주변을 둘러보니 무슬림이 하나둘씩 보인다.

"와! 저기 모스크가 보여요."

여행 초반에는 모스크가 무슨 뜻인지도 몰랐던 첫째가 '모스크'라는 단어를 말한다. 아이의 말처럼 아랍 스트리트 가운데에 황금빛 모스크가 있었다.

"이 모스크 이름은 술탄 모스크(Sultan Mosque)야. 여기서 가장 오래된 모스크인데 1825년에 만들어졌어."

"우와~ 아빠 정말 똑똑하다."

아빠를 우러러보는 둘째의 눈빛에 어깨가 으쓱했다.

"아니야~. 구글 검색해서 읽는 거야."

첫째가 반문한다. '쳇, 어떻게 알았지?'

차이나타운에는 곳곳에 불교 사원이 세워져 있다. 이와 다르게 아랍 스트리트는 지역 가운데에 모스크가 세워지고 모스크를 중심으로 거리와 마을이 형성되어 있다. 이곳이 이슬람교를 믿는 사람

술탄 모스크(Sultan Mosque)

들이 거주하는 아랍 스트리트(Arab Street)이다.

말레이시아 무슬림들이 싱가포르로 이주하여 생긴 지역인데, 독특하고 다양한 문화를 느낄 수 있었다. 모스크 주변에는 아랍 식당을 비롯하여 멕시코, 터키, 태국, 인도네시아 등 다양한 식당들이 즐비해 있어 세계 식도락 여행을 즐길 수 있다.

"명색이 아랍 스트리트인데 아랍 음식은 먹어봐야겠지?"

"아빠 맛있어요?"

"맛있을 거야!"

"먹어봤어요?"

"아마. 맛이 괜찮을 거야."

"아빠, 안 먹어봤죠?"

"응, 아빠도 잘 몰라. 그래도 도전!"

아랍 식당에 들어가 케밥을 시켰다. 케밥은 한국에도 있기에 익숙했다. 팔라펠을 추가로 시켰는데 병아리콩을 갈아 마늘, 양파, 고수 등을 넣어 둥글게 만 반죽을 튀긴 음식이다.

"맛 어때?"

"먹을만 한데 쑥갓 같은 게 냄새가 이상해요."

고수를 말하나 보다. 고수는 호불호가 심한 식재료인데, 우리한테는 맞지 않았다. 고수를 빼고 먹어보니 채식주의자를 위한 스냅

랩 같은 익숙한 맛이었다. 든든히 배를 채우고 아랍 스트리트 주변을 걸어보기로 하였다. 곳곳에 있는 기념품 가게들에 들어가 아랍식 카페트와 양탄자를 살펴 본다. 아랍 특유의 기하학적 무늬가 매력적이다.

"여보, 나 카펫 사고 싶어요."

아내는 카펫이 마음에 드는지 한참 이것저것 살펴본다. 상인도 아내가 살 것 같은 생각이 들었는지 여러 카펫을 보여 주며 영업에 적극적이다.

"카펫을 사서 어떻게 들고 가려고요?"

"몰라요. 그냥 사고 싶어."

"안 되는 거 알잖아요. 자, 가요!"

이럴 땐 과감하고 재빠르게 아내의 손을 잡고 나가야 한다. 뒤통수로 허탈한 상인의 짜증 섞인 소리가 들린다.

아랍 스트리트를 지나 부기스 스트리트(Bugis Street)로 향했다. 싱가포르 젊은이들이 붐비는 곳인데 홍대와 동대문 시장을 섞어 놓은 느낌이다. 가격도 저렴한 편이라 싱가포르 패션피플은 다 여기 있는 것 같다. 젊고 밝은 에너지가 넘쳐난다. 옷과 액세서리를 좋아하는 나도 이 옷 저 옷 몸에 대어 본다.

부기스 스트리트(Bugis Street)

"여보, 이 옷 어때? 괜찮아?"

"그거 다 어떻게 살려고요. 안 돼! 가요!"

이번에는 아내가 내 손을 잡고 나갔다. 부기스 스트리트의 인파에 섞여 돌아다니다가 출구로 나왔다. 아랍 스트리트를 거닐면서 무슬림의 삶에 대해 생각해 보았다. 하루에 5번 기도를 드리고 코란에 입각한 철저한 삶을 살아간다. 코란을 지키고 살아가는 모습이 힘들어 보이는 것 같은데 그들은 아무렇지 않다. 종교와 생활이 일체가 된 삶이다.

이와 반대로 우리나라의 종교적 삶과 종교인들의 생활을 생각해 보았다. 무엇이 옳은지 그른지는 잘 모르겠으나 분명 차이가 있다. 어느 정도 연륜이 들고 나면 답을 찾을 수 있을 것 같다.

우리 가족은 바람길 여행을 떠났다

싱가포르 쇼핑의 핵심! 오차드 로드(Orchard Road)

넓은 창이 달린 모자에 검은 원피스와 까만색 선글라스를 쓴 여성이 싱가포르 명품 샵에서 쇼핑을 한다. 뒤에 따라오는 남자는 많은 쇼핑백을 들고 따라가느라 허겁지겁한다. 우리나라 드라마의 익숙한 장면이다. 싱가포르의 명품 샵이자 쇼퍼들의 성지 오차드 로드(Orchard Road)다.

"싱가포르에 왔으면 유명한 쇼핑몰은 가봐야지!"

"쇼핑 재미없는데….."

"여보 돈도 없는데….."

"그래도 언제 가 보겠어! 자 출발!"

오차드 로드(Orchard Road)

가난한 여행자이지만 그래도 말레이시아에서 산 새 옷으로 갈아입었다.

"우리도 좀 있어 보이는 관광객 같지?"

아이들에게 물어봤다.

"아빠! 수염이 너무 지저분해요."

"여보! 그래도 촌티 나요."

나름 꾸며봤지만, 부티는 나지 않는가 보다. 그래도 자신감을 갖고 오차드 로드로 향하였다. 서머셋(Somerset) 역에서 내려 오차드 로드까지 걸어갔다. 가다가 마음에 드는 쇼핑몰이 보이면 들어가는 것으로 정했는데, 아뿔싸! 가는 길 양쪽에는 쇼핑몰이 쫙 깔려 있었다. 우리나라 쇼핑몰과는 비교 대상 자체가 될 수 없었다. 심지어 폭우가 쏟아지는 평일임에도 불구하고 쇼핑족들로 붐볐다.

"역시 쇼핑의 열정은 날씨도 문제되지 않는군."

"대충 보고 집에 가요."

"재미없어요."

나의 말에 세 여인 모두 심드렁한 대답들이었다. 그래도 싱가포르를 왔는데 오차드 로드는 가봐야 하지 않겠는가.

'313@서머셋'은 20대를 위한 쇼핑몰이었다. 젊은이를 대상으로 하기에 비교적 저렴한 가격대라 쇼핑객들이 분주하게 옷을 고

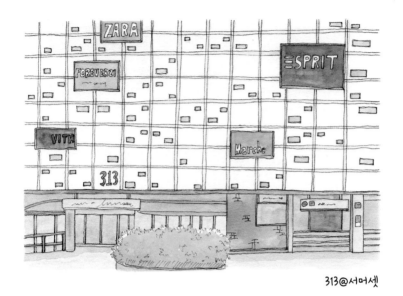

313@서머셋

르고 있었다. 울긋불긋하거나 꽃무늬 같은 밝은 옷을 좋아하는 아내이지만 여기 옷을 들었다 놨다 하더니 결국 빈손이다.

"왜~ 사지."

"이제 이런 옷이 내 나이에 맞지 않는 것 같아."

나이가 듦에 있어서 옷도 마음대로 입지 못하니 순간 서글펐다.

전 세계 유명한 브랜드들이 가득한 장소답게 SPA 매장도 곳곳에 있었다. 그중에 우리나라에서도 볼 수 있는 'H&M'이 있다. 동남아시아에서 가장 큰 매장이라고 하더니 거대한 4층 빌딩 전체가 'H&M'이다. '여기는 저렴하겠지!' 하고 자신 있게 들어갔지만, 가격

H&M

이 만만치 않아 당황했다. 심지어 같은 옷인데도 말레이시아의 가격보다 몇 배 비쌌다. SPA 매장이 입점해 있는 나라의 물가를 반영해서 같은 옷도 가격이 천차만별인가 보다. 아이들 옷이나 사줄까 하고 봤는데도 역시 비싸다. '말레이시아에서 더 많이 사 올걸.' 하고 후회하며 마음에 드는 옷은 사진으로 찍어 놓고 귀국해서 한국 매장에서 사기로 했다.

온종일 폭우가 내려 다니기가 불편했는데, 다행히도 쇼핑몰들이 연결되어 있어서 쇼핑몰 안으로 돌아다닐 수 있었다.

"역시 쇼핑몰이 많으니까 비 안 맞고 좋다. 그치?"

"쇼핑몰을 안 오면 비를 맞을 일이 없잖아요."

첫째의 대답에

"와, 똑똑한데?"

아이들의 푸념을 더 듣기 전에 점심을 먹으러 가기로 했다. 쇼핑몰이 크다 보니 푸드코트도 다양하다. 수십 개의 푸드코트라 음식 찾는 데만 오래 걸렸다. 아이들에게 망고 주스를 먼저 주고 샌드위치와 햄버거를 시켜 먹었다.

오늘 쇼핑 일정은 첫째에게는 아침부터 불만이었다. 쇼핑을 극도로 싫어하고 부모 따라 마트에 장 보러 가는 것조차 싫어하는 아이니 오죽하겠는가. 오전 내내 잘 참고 따라다니더니 밥을 먹고 노곤해졌는지 투덜거린다. 덩달아 둘째도 다리가 아프다고 징징거린다. 그래도 다시는 올 수 없는 곳일지도 모르니 아이들을 어르고 달래 오차드 로드까지 걸어갔다.

오차드 로드는 서머셋과는 비교할 수 없을 정도로 크고 화려했다. 명품이 즐비한 쇼핑몰에서부터 아이들이 좋아하는 장난감과 유아용품을 전문적으로 취급하는 쇼핑몰까지 쇼핑몰의 천국이었다.

아이온 오차드(ION Orchard)

하루에 모두 돌아볼 수 없을 정도로 컸다. 그중 '아이온 오차드(ION Orchard)'는 비교적 최근에 생긴 쇼핑몰로, 외관이 유리로 된 둥근 모양인데 건물 자체도 이국적이고 햇빛에 비쳐 반짝거리는 모습이 화려했다. 여기에 온 목적은 쇼핑이 아닌 전망대였다. 55층에 있는 전망대에서 보는 광경이 일품이라고 했다.

"얘들아, 우리 여기 구경하고 전망대까지 올라가 보자!"

이 말을 들은 첫째와 둘째 모두 인내심이 한계에 도달해 버렸다.

"재미없단 말이야."

"다리 아파요. 힘들어요."

아이들은 바닥에 주저앉고 칭얼거렸다. 더이상 어르고 달래기도 소용없었다.

"그럼, 우리 전망대에만 올라가서 구경하고만 갈까?"

평소에는 "네!"하고 마지 못해서라도 따라나서는데, 둘 다 아무 말도 없었다. 다만 눈빛이 '더는 무리.', '또 가자고 하면 이제 아빠 안 볼 거야.'라는 식으로 협박 아닌 협박이 느껴졌다.

"그래! 가자! 가!"

나도 욱해버렸다. 숙소로 돌아오는 길에는 아무런 말도 하지 않았다. 처음에는 화가 나고 속상했다. 하지만 숙소에 돌아오자마자 아이들은 말 그대로 뻗어 잠들어 버렸다. 그 모습을 보니 쇼핑은 아이들에게 여행이 아닌 고행이었다. 여행도 한 달이 다 되어가는 마당이니 아이들도 지쳐가고 컨디션도 좋지 않았을 것이다. 하루 동안 의미 없이 걸어 다녔으니 얼마나 재미가 없었겠는가?

아직도 나만 생각하는 이기적인 아빠라 아이들에게 미안했다. 그리고 한 달여 동안 별다른 투정없이 여행을 함께해 준 두 딸이 대견했다. 고마웠다. 남은 일정은 아이들이 하고 싶은 것을 중심으로 다시 짜야겠다.

 운수 좋은 날!(유니버설 스튜디오 : Universal Studio)

"드디어 오늘 가는 거예요?"

"그래! 오늘이야!"

"와!"

"유!니!버!설! 유니! 버설!"

그렇다. 오늘은 유니버설 스튜디오를 가는 날이다. 여행을 준비

할 때 레고랜드만큼 아니 그 이상 꼭 가야 할 곳으로 정해 놓은 곳

이다. 한국에 있을 때 바쁘다는 핑계로 혹은 주말에는 사람들이 많다는 핑계로 에버랜드도 가지 않았기에 이번 여행에는 유명한 놀이공원에는 한 번씩 꼭 들려보기로 하였다.

구름 한 점 없는 파란 하늘이다. 공기도 맑고 바람도 선선하다. 놀이기구 타기에 최고의 날씨다. 싱가포르의 상쾌함을 느끼며 센토사 섬으로 향했다. 모름지기 놀이 공원은 오픈 전에 미리 가 있어야 했기에 일찍 도착해서 신발끈을 잡아맸다. 문이 열리자마자 인기 있는 어트랙션을 타야 하기 때문이다. 전날 미리 유명한 어트랙션 중심으로 최적의 동선을 정해 놓았다.

문이 열리고 우리는 정해진 목적지를 향해 달렸다. 그런데 관광객이 별로 없었다. '어? 왜 사람이 적지? 워낙 인기 있는 곳이라 항상 붐빈다고 했는데?'

달리던 발걸음을 멈추고 주변을 둘러보니 중간중간에 사람 몇몇만 보일 뿐이었다. 지금 시즌이 비수기에 방문객이 가장 적은 평일이라는 직원의 이야기를 듣고,

"와! 대박!"

운수 좋은 날이다. 인기 있는 어트랙션도 5분 이내의 대기면 다 탈 수 있었다. 살다 보니 이런 날도 있구나. 우리나라에서 인기있는 놀이기구 4~5개 타려면 하루가 다 가는데….

첫 어트랙션은 '트랜스포머'였다. 싱가포르에서 꼭 타야 하는 최고 인기 어트랙션이다.

"와! 트랜스포머야~! 애들아, 범블비, 옵티머스가 있어!"

나는 흥분해서 입에 거품을 물고 아이들에게 하나하나 알려주었다.

"아빠~, 로봇 재미없어. 이거 다 또봇이야?"

"그냥 자동차잖아요."

아이들이 아직 어려 트랜스포머를 모른다. 한국에 가면 아이들과 트랜스포머부터 봐야겠다. 이 놀이기구는 인기 있는 이유가 있었다. 범블비, 옵트머스 프라임 등 영화 속 캐릭터와 함께하는 다이내믹한 여정이 흥분되고 정신이 없었다. 악당 디셉티콘을 물리치는 그 여정이 몇 분 남 짓이지만 내게는 영화 속 주인공이 된 최고의 순간이었다.

흥분이 가시지 않은 채 리벤지 오브 더 머미(Revenge of the Mummy)를 타러 갔는데, 영화 〈미이라〉를 어트랙션으로 표현한 곳이다. 아이들과 전날 영화 〈미이라〉를 넷플릭스로 먼저 봤다.

"아빠! 어제 영화 본 거!"

"미이라에요!"

역시 유니버설 스튜디오는 관련 영화를 보고 와야 감동이 두

우리 가족은 바람길 여행을 떠났다

배, 세 배가 된다. 놀이기구를 타자마자 뜨거운 불빛이 뿜어져 내리고 지하로 깊고 빠르게 하강한다. 피라미드 속을 정신없이 빠르게 흘러가는 놀이기구인데 온몸에 전율과 땀이 흠뻑 젖었다.

"와! 아빠는 무서웠어. 어땠어?"

두 딸은 아무 말을 하지 못했다. 눈에서는 눈물이 뚝뚝 떨어질 뿐이었다.

"또 탈까?"

"싫어! 미이라 미워!"

미이라를 지나 쥬라기 공원으로 들어갔다. 영화 속 장면과 똑같은 입구를 들어가는 순간 심장이 두근거렸다. '침착해! 침착해!' 가슴을 붙잡고 들어가 보니 영화 속 공룡들이 내 눈앞에 펼쳐졌다. 영화 속 장면들을 그대로 재현해 놓은 유니버설 스튜디오가 경이롭게까지 느껴졌다. 그중 쥬라기공원 래피드 어드벤처(Jurassic Park rapid Adventure)는 영화 속 쥬라기공원과 같이 놀이기구를 타고 공룡을 관람하는 시설이다. 에버랜드의 아마존 익스프레스와 비슷하다.

"타기 전에 우비를 입고 타라는데?"

아내의 말에 호기롭게

"에이~, 얼마나 젖는다고 그냥 타! 그 돈으로 아이스크림이나 먹자!"

라고 한 내 자신을 후회했다. 아마존 익스프레스 정도로 생각했는데 내릴 때는 물에 젖은 생쥐가 되어 있었다. 그래도 기구를 타고 물속을 탐험하면서 보는 공룡들의 모습들은 장관이었다.

'아빠(여보) 때문에 다 젖었잖아!'라는 따가운 눈빛을 받으며 워터월드(Water World) 쇼를 보러 갔다. 1995년에 개봉하여 우리나라에서는 크게 흥행하지 않았지만, 나에게는 중학교 시절에 본 추억이 있는 영화이다. 유니버설 스튜디오에서는 대표적인 쇼이므로 무조건 봐야 한다. 운동장 만한 큰 세트에 제트스키를 타고 검술, 고공 액션을 보여주는 전문 스턴트맨의 공연과 익살스럽게 관객과 함께하는 호흡은 정말 최고였다.

우리 가족은 바람길 여행을 떠났다

너무 내 중심으로 놀이기구를 탄 것 같아 아이들에게 익숙한 곳으로 향했다. 마다가스카르의 커다란 화물선과 커다란 슈렉 성에서 아이들에게 익숙한 캐릭터와 함께 놀이기구를 타고 구경도 하니

"아빠~ 저기 슈렉!"

"아빠~ 저기 펭귄!"

아이들도 익숙한 캐릭터가 나오니 좋은가 보다. 특히 세사미 스트리트 극장에서 공연을 보고 캐릭터에 맞추어 춤을 따라 하는 두 딸의 모습이 참 보기 좋았다. 공연이 끝나고 인형을 하나씩 사서 쥐여주니 오늘부터 잘 때 꼭 안고 잘 거란다.

"세사미 스트리트 재미있어?"

"응! 너무 재미있어!"

"한국에서도 볼까?"

아내의 말에

"응! 좋아요! 엄마 최고!"

라고 했지만, 나는

'아내가 세사미 스튜디오를 보여 주면서 영어 공부를 시킬 생각이구나.'

하고 아내의 큰 그림이 보였다.

다양한 공연, 어트랙션, 캐릭터 등 정말 재미있고 즐거운 시설이

가득한 이곳에 롤러코스터도 정말 많았다. 여전히 나는 롤러코스터가 무섭고 거부감도 컸지만, 첫째는 레고랜드 이후 롤러코스터를 극복하고 푹 빠져버린 상태였다.

"아빠~ 롤러코스터 타러 가요!"

"아빠! 저기 롤러코스터!"

"아빠~ 롤러."

'으악~~! 살려줘!' 롤러코스터의 향연이 나에게 펼쳐졌다. 첫째는 혼자서는 무서워서 못 타니 무조건 아빠와 타야 한단다.

"아빠, 정말 롤러코스터 무서워. 안타면 안 돼?"

롤러코스터 CYLON

우리 가족은 바람길 여행을 떠났다

아이에게 사정을 이야기했지만 첫째의 간절함에 결국 졌다. 첫째가 하자는 대로 롤러코스터를 타기 시작했다. 360도 회전 없이 속도감이 있는 어린아이들을 위한 롤러코스터로 시작했는데 괜찮았다. 첫째는 난이도가 약한 롤러코스터에 실망했는지 거칠고 빠른 롤러코스터를 찾기 시작했다.

〈Battlestar Galactica : HUMAN vs. CYLON〉

잊히지 않는 롤러코스터 이름이다. 앞으로도 이 이상의 롤러코스터는 없는 다시는 타고 싶지 않은 어트랙션이다. HUMAN과 CYLON 두 종류의 롤러코스터인데, HUMAN은 발판이 있고 CYLON은 발판 없이 발이 뜬 상태로 운행한다. 상대적으로는 CYLON이 더 무서웠지만, 나에게는 둘 다 너무 무서웠다.

"이거…, 정말 탈거야?"

"응!"

나는 큰딸의 손에 이끌려 도살장에 들어가는 동물처럼 계단을 올라갔다. 결국 두 개를 다 탔다. 솔직히 기억도 잘 나지 않는다. 다만 내리자마자 얼굴에 두려움이 가득하고 정말 지옥과 천국을 오가는 게 이런 건가를 간접 체험했다. 그러나 첫째는 너무 재미있단다.

"또 타자요!"

"에? 이거? 못해! 못해!"

나는 무섭다고 그만 타자고 했지만, 딸의 눈물에 져버렸다. 유니버설 스튜디오에서 롤러코스터를 10번 이상 탄 것 같다. 아내와 둘째는 유유자적하게 구경하고 편안한 놀이기구를 타는 모습이 부럽다 못해 샘났다. 나는 이미 영혼이 나갔지만 첫째는 아직도 아쉽단다.

"다음에 또 오자!"

"언제요? 여기 다시 못 오잖아요!"

제법 머리가 굵어진 첫째는 2학년이라 싱가포르를 다시 오는 건 어렵다는 걸 알고 있었다.

"유니버설 스튜디오는 일본에도 있어. 다음에는 일본으로 가자!"

"일본에도 있어요? 좋아요!"

첫째를 간신히 설득해서 유니버설 스튜디오를 뒤로 하고 집으로 돌아가기로 했다. 가는 길에 미니언즈나 세사미 스트리트 친구들과 영화 속 배경에서 함께 사진 찍으면서 아쉬움을 뒤로 했다. 하루 동안 시간이 어떻게 흘러갔는지 잘 모르겠다. 정말 즐겁고 신났다. 비수기이고 평일이라 정말 원없이 탔고 원없이 즐겼다. 정말 날을 잘 잡은 것 같다.

한국에 돌아와서는 〈쥬라기 공원〉, 〈트랜스포머〉 등 유니버설

스튜디오 영화를 아이들과 함께 보면서 추억을 곱씹었다.

"정말 재미있었어요!"

"또 가고 싶어요!"

아이들이나 어른이나 놀이 공원은 꿈과 행복이 가득한 곳인가

보다.

센토사 멀라이언 타워(Merlion Tower)

 센토사 섬(Sentosa island) 이 있는 싱가포르가 부럽다

센토사 섬(Sentosa Island)은 싱가포르의 대표적 휴양지이다. 정신없이 바쁘고 마천루가 가득한 본섬을 떠나 센토사 섬으로 넘어오면 꿈의 세계로 순간 이동을 하는 것 같다.

센토사 섬으로 가는 방법은 자동차, 케이블카, 모노레일 등이 있는데 보통 모노레일을 타고 이동한다.

"모노레일 타고 가는 거예요?"

우리 가족은 바람길 여행을 떠났다

아이들도 모노레일을 여러 번 타 보더니 익숙한가 보다. 역시
경험만큼 좋은 교육은 없다. 알록달록 색으로 입힌 모노레일을 타
는 순간 내 마음도 알록달록하게 설렌다.

센토사에 도착하면 커다란 멀라이언이 반긴다. 싱가포르에서 가
장 큰 멀라이언 타워인데, 사자의 입과 머리 위에서 보는 센토사의
절경이 아름답다. 센토사에는 볼거리, 놀거리, 먹거리가 많다. 한
마디로 놀이의 끝판왕을 보여 준다.

대표적으로 센토사 하면 유니버설 스튜디오다. 대부분의 싱가포
르 여행자가 꼭 들리는 곳이다. 나도 유니버설 스튜디오가 싱가포

르 여행의 목적 중 하나였기에 이곳에서 원없이 놀았다.

날씨가 한창 더울 때는 S.E.A 아쿠아리움으로 들어간다. 세계 최대의 아쿠아리움답게 수많은 해양 생물을 보다 보면 눈이 아플 지경이다. Ocean Dome은 세계에서 가장 큰 수족관인데, 두 딸과 멍하니 물고기를 바라보는 동안 바닷속으로 들어가는 착각을 들게 한다.

'루지&스카이 라이드(Luge & Sky Ride)'는 통영의 루지와 흡사하며, 동남아 특유의 수풀과 함께 달리는 기분이 상쾌하다.

그뿐만 아니라 전 세계 유명인들의 밀랍 인형 전시관인 '마담

S.E.A 아쿠아리움

우리 가족은 바람길 여행을 떠났다

투소(Madame Tussauds)', 대형 워터파크인 '어드벤처 코브 워터파크 (Adventure Cove Waterpark)' 등 며칠을 지내도 다 즐길 수 없을 정도로 다양한 즐길 거리가 많다. 그렇기에 싱가포르 여행 중에 센토사 섬 일정은 세세하고 꼼꼼히 준비해야 한다.

센토사 섬에는 휴양지답게 멋진 리조트들이 많다. 하지만 엄청난 가격에 못 먹는 감이나 마찬가지였다.

"우리 바닷가 가자!"

그래도 주변의 해변은 비교적 이용이 자유롭다. 해변에서만 놀아도 바쁜 삶을 떠나 여유로움을 가질 수 있었다. 실로소 비치(Siloso

탄종 비치(Tanjong Beach)

Beach), **팔라완 비치**(Palawan Beach), **탄종 비치**(Tanjong Beach) 등 여러 해변이 있다. 이 중 마음에 드는 곳에 들러 모래사장에 앉아 맥주 한 캔을 들고 바라보는 해변의 노을은 하루를 마무리하기에 최고였다.

센토사 섬은 잠시 현실을 떠나고 싶을 때 무작정 떠날 수 있는 곳이다.

우리 가족은 바람길 여행을 떠났다

다시 또 이런 여행을 갈 수 있을까?

두 딸과 나

약 한 달간의 여행을 마치고 비행기에 올랐다.

한 달의 시간이 어떻게 지났는지 모를 정도로 빨리 흘러갔다.

말레이시아 최북단에서 싱가포르까지의 긴 여정 동안 나는 조금씩 회복되어 감을 느꼈다.

우리 가족이 24시간 한 달 내내 함께 있었던 적은 처음이었던 것 같다. 처음에는 서로의 생각과 의견이 달라 다투기도 했고, 고단한 여정에서는 날이 서기도 했다. 여행이 계속되면서 우리는 서로를 존중하기 시작했다. 어느덧 우리 가족 모두 성장해가는 것을 느꼈다.

우리 두 딸은 배낭 여행의 맛을 알게 되었다.

여러 나라에 대해 궁금해하고 이것저것 질문한다.

처음에는 외국에서 노는 것만 좋아하더니 이제는 그 나라의 역사와 문화를 궁금해한다. 더 나아가 제3세계의 어려운 삶에 공감하여 그 나라의 친구들을 도와주고 싶어 한다.

우리는 귀국해서 한참 동안 여행에 대한 추억을 곱씹었다. 사진을 고르면서 얽혔던 기억을 되새기고 같이 웃고 울었다. 여행의 가장 큰 장점은 같은 기억을 공유할 수 있다는 것이다.

이번 여행에서 가장 큰 선물은 가족이었다.

아내와 함께 이야기를 나누고 같은 길을 걷고 서로의 눈을 마주보는 순간이 행복했다. 우리 두 딸과 매일 장난치고 우리만의 규칙을 정해 게임을 하고 손을 잡고 걸어가는 그 길이 소중했다.

내가 사는 존재는 우리 가족이라는 것을 다시 일깨우게 해 주었다.

나의 존재 이유를 외부에서 찾으려고 했던 지난날이 어리석게 느껴진다. 우리 가족에게 인정받고 사랑받는 그 삶이 내가 사는 이유

우리 가족은 바람길 여행을 떠났다

이다. 이제는 직장에서의 삶보다 가정에 집중하는 삶을 살고자 노력한다. 의식해서라도 퇴근하면 온전히 가족과 함께하려고 한다.

요즘도 여행 프로그램이나 책을 보면서 틈만 나면 밖으로 나가려고 하는 것이 우리 가족의 대화 주제이다.

이번엔 어디로 떠나볼까?

페낭 여객선에서

마치면서: 다시 또 이런 여행을 갈 수 있을까?